Von Nudeln, Nockerln
und Neurosen

Für meine liebe
Freundin Edith!

Mit lieben Grüße

K. Frahm-Hayek

Mai 2018

Für die beste Familie der Welt

Katharina Grabner-Hayden

VON NUDELN, NOCKERLN UND NEUROSEN

Tag für Tag
ein Muttertag

ueberreuter

1. Auflage 2018
© Carl Ueberreuter Verlag, Wien 2018
ISBN 978-3-8000-7700-7

Covergestaltung: Saskia Beck, s-stern.com
Coverfoto: © Shutterstock
Motive im Buch: Created by freepik
Lektorat: Maria Schiestl
Satz: Hannes Strobl, Satz·Grafik·Design, Neunkirchen
Druck und Bindung: Finidr s. r. o.

www.ueberreuter-sachbuch.at

INHALT

EINE KLEINE TISCHREDE ZU BEGINN ...

Liebe Leserinnen und Leser!

Herzlich willkommen! Ich freue mich sehr, dass Sie meiner Einladung gefolgt sind!

Ich darf Sie mit allerlei Köstlichkeiten aus meiner Satireküche verwöhnen. Der kulinarisch-literarische Bogen spannt sich dabei von ayurvedischen Erotikmenüs, von Nockerln nach „alter Defregger Tradition", weidmännischen Blutwürsten, wurmstichigen Semmelknödeln bis hin zu Spaghetti à la „Cyrano de Bergerac".

Meine ländliche Küche inspiriert mich zu den unglaublichsten Kreationen. In ihr werden Spirituosen und „glykolähnliche" Spätlesen gebraut, Rehe, ja, ganze Ochsen verkocht, um die „liebe" Verwandtschaft, die aus strenggläubigen Katholiken, militanten Feministinnen, Veganern und anderen Neurotikern besteht, bei Laune zu halten.

Ich würze mit viel Humor und Ironie und hoffe, dass diese literarische Mahlzeit Ihren anspruchsvollen Gaumen verzücken wird.

Übel wird es Ihnen garantiert nicht aufstoßen, ganz im Gegenteil! Einige Gäste flüsterten mir nach dem einen oder anderen illustren Abend ins Ohr, sie hätten sich aufwendige psychotherapeutische Sitzungen erspart. Sie wären nach einem Besuch in meinem Haus nun wieder unglaublich glücklich im Leben, mit dem eigenen Partner, den Kindern und sogar mit dem nervigen Chef.

Lassen Sie sich auf eine literarisch-kulinarische Reise ein, auch wenn ich Ihnen dabei Rumkugeln als Dessert verweigern muss, die brauche ich nämlich selbst für meinen griechischen Adonis. Warum, erfahren Sie in diesem Buch.

Ganz herzlich möchte ich mich beim gesamten Team des Carl Ueberreuter Verlages bedanken. Sie sind die wunderbaren Teller, die Kristallgläser und das Besteck auf meinem Tisch, an dem ich Sie verwöhnen darf. Vielen Dank für Euer Engagement!

Als überaus geduldige und fachkundige Hilfe stand mir während des „Kochens" der vorliegenden dreiundzwanzig Geschichten eine wunderbare Frau zur Seite, Maria Schiestl. Sie kostete und schmeckte die Köstlichkeiten ab und gab dann und wann auch mal eine Prise Salz und Chili dazu. Danke für Ihren Humor und Ihre Geduld!

Meinem geliebten Ehemann „Odysseus" und meinen vier Söhnen danke ich in ganz besonderer Weise. Sie liefern mir täglich die Grundlage für die vielen humorvollen Anekdoten. Ihre Liebe, ihr Verrückt-Sein, ihr Lachen und ihre unbeschwerte Heiterkeit sind die Ingredienzien, die mein Leben so unwahrscheinlich erfüllen und mich glücklich machen!

Ich liebe Euch!

Die letzten Monate und Wochen habt Ihr hungern müssen, denn während ich stundenlang an meinem Schreibtisch saß und immer unbeweglicher und träger wurde, habt Ihr euch von Packerlsuppen und Raviolidosen ernährt, und das ohne Murren! Danke!

Nun ist aber fertig gekocht! So darf ich mein Proseccoglas erheben und allen meinen Gästen großes Vergnügen beim Lesen wünschen.

Ein Prosit auf alle Frauen, Mütter, Groß- und Schwiegermütter, auf die Ehemänner, Lebensabschnittspartner und Verflossenen und all jene, die nach dieser Lektüre immer noch vorhaben, Kinder zu bekommen!

Zum Wohl! Denn Tag für Tag ist Muttertag!

Die „Grabnerin" – Katharina Grabner-Hayden
Krems, im Jänner 2018

Es tut jeder Mutterseele einfach gut, zu hören,
wie lieb man sie hat, und das nicht nur an Muttertagen.
Ich höre, und vor allem sehe ich es jeden Tag,
dass ich die bin, die ich sein will, nämlich ...

DIE BESTE MUTTI DER „WELD"

Mich kann man nicht so schnell mit schnödem Mammon oder sonstigen Besitztümern locken. Was im Leben zählt, sind die inneren Werte!
Na ja, fast.

Denn vor einigen Jahren, es war genau eine Woche vor Muttertag, durfte ich mich stolze Besitzerin eines großen Vans nennen, eines Autos, dessen Ausstattung jedem noch so kleinen Bedürfnis meiner reichen Kinderschar entsprach.

Vorbei waren die Zeiten, in denen die Kinder frierend in Decken gehüllt am Rücksitz saßen, vorbei die stundenlangen Aufenthalte in diversen Werkstätten, weil Bremsbeläge, Reifen oder Einspritzpumpen nicht funktionierten. Vorbei das ewige Desaster havarierter Autos, die wir günstig erstanden hatten.

Obwohl ein Auto für mich grundsätzlich ein reines Fortbewegungsmittel ist, zogen nun mit dem neuen Wagen auch neue Gewohnheiten in die Garage ein. Keine dreckigen Schuhe, keine Getränke und um Gottes willen kein bröseliges Essen, zumindest so lange nicht, bis die letzten Leasingraten bezahlt waren!

Meine Söhne fluchten und beklagten wortgewaltig den sauberen, aber ungemütlichen Zustand während unserer Fahrten.

Einen Tag vor Muttertag herrschte im Haus aufgeregte Hektik. Die Großfamilie war angesagt, und so stand ich ziemlich nervös und gestresst – immerhin hatte ich fünfundzwanzig hungrige Mäuler zu stopfen – in der Küche, kochte, rührte und panierte für das Großereignis.

Kreidebleich kamen meine Burschen in die Küche und gestanden schuldbewusst, rein gar nichts für mich, für Omi und die anderen Mütter aus der Runde gekauft zu haben. Schweren Herzens gab ich meinem ältesten Sohn, der seit einigen Wochen den Führerschein hatte, den Autoschlüssel, damit sie ihre Besorgungen und Einkäufe erledigen konnten. Ein freudiger Aufschrei war die Folge und schon hörte ich die Rasselbande mit dumpfen Bassklängen die Straße davonbrausen.

Nach etwa drei Stunden kamen sie wieder. Für Omi gab es ein neues Nähkörbchen, für die nikotinsüchtige Tante Hilde einen Aschenbecher, für die schwangere Cousine Erni einen rosa Baby-Body. Und für mich?

Ein unsagbar schön geschmücktes Auto. Oh, wie lieb von ihnen!

Sie hatten die Heckklappe meines geliebten Vans mit einem überdimensionalen Blumenherz aus Rosen und Margeriten verziert. Unter dem Herz war in großen Lettern ein weißer Schriftzug gemalt:

Die beste Mutti der Weld!

Ich war gerührt, auch wenn man Welt mit hartem „t" und nicht mit weichem „d" schreibt.

In diesem Moment war mir die spätere Berufslaufbahn meines Sohnes klar. Er durfte nie Deutschprofessor oder Schriftsteller werden, vielleicht Biologe, Grafiker oder Model.

Um Constantin und seine ausgeprägte Rechtschreibschwäche nicht dem allgemeinen Gelächter der Familie preiszuge-

ben, schlich ich mich in der Nacht in die Garage und versuchte den kleinen Fehler auszubessern. Doch mit Wasser, Putzmitteln und sonstigen Flecklösern war diesem orthografischen Missgeschick nicht beizukommen.
Die Buchstaben waren mit weißem Lack gemalt!
Verdammt, mein schönes neues Auto!

Ich saß neben dem Kübel Wasser in der Garage und heulte, bis mich mein Mann mit einer sanften Umarmung aus der Verzweiflung hob.
„Kränk dich nicht! Ist doch bezaubernd, wie sehr dich die Kinder lieben! Und das mit der Rechtschreibschwäche werden wir auch noch in den Griff bekommen!"

Dass ich nicht wegen des weichen „d", sondern wegen meines neuen Autos weinte, konnte ich ihm natürlich nicht sagen. Immerhin weiß er ja, dass mich weder schnöder Mammon noch andere Besitztümer reizen. Was im Leben zählt, sind ja die inneren Werte!

So ist jeder Tag ein Muttertag für mich. Spätestens dann, wenn ich morgens in die Garage komme und mir die weißen Lackbuchstaben entgegenlachen:
Die beste Mutti der Weld!

Eine alte Küche ist wie eine lange Beziehung, man hat sich liebevoll aneinander gewöhnt und verzeiht sich manche Allüren, die das Alter mit sich bringt. Deswegen fällt es mir so unsagbar schwer, sie einzutauschen gegen etwas Neues, Fremdes. Die Küche ist der Quell, aus dem ich meine kulinarischen und literarischen Kreationen schöpfe. Viele köstliche Erinnerungen leben in ihr weiter und jeder Gast liebt sie.

DIE GLYKOLKÜCHE

In meinem Haus, einer ehemaligen Dorfvolksschule aus der Gründerzeit, die wir über Jahrzehnte mühselig renoviert haben, koche ich in einer „antiken" Küche.

Ich weiß eigentlich gar nicht, wie alt sie wirklich ist. Das Holz hat mindestens hundert Jahre und mehr seine Dienste getan. Mein Vater hatte sie mir vor fünfundzwanzig Jahren zum Geschenk gemacht. Einfach so.

Ein Tisch, sechs Sesseln und Unmengen an Küchenkästen standen damals als trauriges Relikt einer Privatkonkursmasse auf einem Traktoranhänger am Straßenrand, an dem mein Vater staunend vorüberging. Er dachte an eine Zwangsräumung, wurde aber von einer geschwätzigen Bäuerin aus dem Dorf über die Bewandtnis dieser Fuhre aufgeklärt.

Ein bekannter Drogeriebesitzer aus der nahe gelegenen Kleinstadt hatte über Jahre an heimische Weinbauern Ethylenglycol, ein Frostschutzmittel, verkauft, was anfänglich zu hochprämierten Spätlesen, in weiterer Folge aber zum ebenso berühmt-berüchtigten wie medial aufsehenerregenden Weinskandal in Österreich führte.

Er sei eben kein Weinbauer, versuchte sich der großmäulige Händler bei der Gerichtsverhandlung zu rechtfertigen, nie im Leben hätte er geahnt, dass Glykol auch zu anderen Dingen als zu Frostschutzzwecken einsetzbar wäre, und im Übrigen sei er moralisch nur für den Verkauf, nicht für die kriminelle Weiterverwendung verantwortlich.

Sein Verteidigungsargument, auch Jesus hätte Wasser zu Wein verwandelt und niemand bei der Hochzeit zu Kanaan hätte Anstoß daran genommen, ließ der Richter nicht gelten. Er verurteilte ihn wegen schweren gewerbsmäßigen Betrugs. Die Anwaltskosten fraßen dann den letzten Rest seines Vermögens auf.

Aber so ist es eben im Leben, Unehrlichkeit zahlt sich nie aus, und so stand mein Vater vor dem Anhänger mit Küchenkästen und war überglücklich, denn ich, seine Tochter, hatte zwar ein Haus, aber kein Geld für eine neue Küche.

Die Möbel sollten klein geschnitten dem zukünftigen Besitzer, einem Bauern aus dem Waldviertel, als Brennholzreserve für den Winter dienen. Mein Vater verliebte sich sofort in die alte Küche, und da er mich und meine Kinder endlich vor offenen Feuerstellen und reparaturbedürftigen Elektrogeräten schützen wollte, kaufte er das ganze Ensemble um unglaubliche fünfhundert Schilling, nach heutigem Umrechnungskurs rund vierzig Euro. Eine Okkasion!

Ein geduldiger Tischler zimmerte uns schließlich aus den alten dunkelgrünen Vollholzmöbeln monatelang mit viel Raffinesse und Fantasie eine „neue" Küche, die auch wunderbar funktionierte.

Sie kam nun in die Jahre. Also nicht nur ich, sondern auch meine Küche, die langsam ihren Geist aufgab. Die Tausenden Braten, die vielen Gänse, die Tonnen an Gemüse, die ich in ihr geschnitten, klein gehackt, verbraten und verkocht hatte, hatten ihre Spuren hinterlassen.

Das Backrohr ging nur auf, wenn vorher die Messerlade geöffnet wurde, weil das Holz durch die Wärme verzogen

13

war. Die Türe zu den großen Kochtöpfen und Pfannen war kaum zu bewegen. War Besuch angesagt, holte ich mir die notwendigen Utensilien aus dem Regal und verschloss anschließend die Türe wieder mit Hammer und Nägeln. Von der Schneidefläche rede ich erst gar nicht. Ihre weiße Farbe hatte sich im Laufe der Jahre in ein grau-grün-rotes Aquarell verwandelt, was den Künstler Hermann Nitsch sicherlich zu neuen Schüttbildern inspiriert hätte, ich fand sie einfach nur unappetitlich.

So waren wir, mein Mann und ich, schon seit Längerem zum Entschluss gekommen, uns von unserer alten Küche zu trennen und eine neue, funktionstüchtigere anzuschaffen.

Leicht fiel mir die Entscheidung nicht, denn jede ausgeschrammte Ecke, jedes Loch in ihrer Verkleidung, jeder Kaugummi, der unter dem Tisch klebte, ja sogar jeder noch so grausige Fettfleck an ihren Türen und Kästchen erinnerte mich an die wunderbaren Begegnungen mit Freunden, an herrliches Essen und das liebvolle Werken mit meinen Kindern.

Es musste aber sein.

Kurze Zeit später saßen mein Mann und ich erwartungsvoll und nervös mit einem Stoß vorbereiteter Kataloge in einem großen Möbeleinrichtungshaus im Angesicht eines Küchenplaners. Nachdem der Grundrissplan und die ersten Kennzahlen in den Computer eingegeben waren, strahlte uns der Küchenarchitekt an: „Sie können jetzt jeden noch so komplizierten und ausgefallenen Wunsch äußern, alles ist möglich und wird genau nach Ihren Vorstellungen gebaut!"

Wunderbar, wir fühlten uns wie im Himmel.

Ich nahm meine große Liste zur Hand, auf der wir beide schon Tage zuvor das zukünftige Anforderungsprofil unserer Küche aufgezeichnet hatten.

„Die gesamte Einrichtung muss wieder aus massivem

Holz sein. Keine Pressspanplatten, die brechen leicht. Wenn ich einmal einen Wutanfall bekomme, ist Holz leichter zu reparieren als die billigen Spanplatten."

Der Berater rollte seine Augen, gab aber trotzdem den ersten Schritt in das System ein: Keine Pressspanplatten – Vollholzküche.

Ich war zu diesem Zeitpunkt nicht mehr zu bremsen und fing mit einem Redeschwall an. Alles sollte hell sein, wie das Innenleben meiner Seele, die vielen Laden dreh-, schieb- und rollbar und auch leicht zu reinigen. Der Küchenplaner tippte wie ein Verrückter in seinen Computer.

„Nun zum Kühlschrank! Der wichtigste Gebrauchsgegenstand in einer Küche!", meinte ich erfahren. „Wir brauchen aber keinen überdimensionalen Kühlschrank für die Familie. Die Norm eines Single-Haushaltes reicht!"

„Ich dachte, Sie haben vier Kinder und viele Gäste zu bewirten?", fragte der Berater unsicher nach. „Da würde ich eher einen Großküchenkühlschrank vorschlagen."

„Brauche ich nicht!", gab ich selbstbewusst zurück. „Denn Wurst, Obst und Gemüse lagere ich kühl und trocken zwischen meinen riesigen Küchenfenstern, auch für Wein- und Bierflaschen benötigen wir keinen eigenen Platz, die holen wir uns frisch bei unserem Nachbarn, einem Weinbauern. Wir sparen damit mindestens einen halben bis dreiviertel Quadratmeter ein, den wir dann als größere Schneide- und Spülfläche verwenden können."

Der Verkäufer tippte wieder in seinen Computer und zeigte uns den vorläufigen Plan auf einer dreidimensionalen Animation.

„Sehr schön! Und auf der Kühlschranktüre könnten dann wieder die vielen lieben Familienfotos hängen!", jubelte ich.

Mein Mann, ein leidenschaftlicher Jäger, zollte mir Beifall und gab seine Wünsche bekannt. „Richtig, wir brauchen eine große Schneidefläche und perfektes Licht, wenn möglich, dann ziehen wir LED-Technologie einer normalen Beleuchtung vor. Beim Herausschälen der Knochen und Sehnen ist helles Licht überaus wichtig. Die Abwasch sollte die Maße von mindestens zweiundfünfzig Zentimetern Breite mal achtundfünfzig Zentimetern Länge haben und eine fünfzig Zentimeter große Abtropftasse aufweisen. Natürlich mit sehr großen Abflusslöchern, damit das Blut besser abrinnen kann."

Der Berater hielt kurz inne und schaute meinem Mann eindringlich in die Augen. „Welches Blut und welche Knochen?"

„Na, das meiner Schwiegermutter!", scherzte Odysseus.

Der Berater empfand dabei aber offensichtlich kein Vergnügen. „Sind Sie vom ORF?"

„Warum?"

„Na, die machen ja gerne ihre Späße bei *Willkommen Österreich* oder mit *der versteckten Kamera*, wo sind Ihre Kollegen?"

Vorsichtig observierte er den Verkaufsraum nach Kameras und richtete dabei sein Hemd und seine Hose zurecht.

Odysseus schmunzelte. „Nein, keine Sorge, wir sind nicht vom ORF!"

„Das mit Ihrer Schwiegermutter ist aber nicht wirklich Ihr Ernst, oder?", fragte der Verkäufer zweifelnd.

„Doch! Ich zerlege auf Wunsch alles. Tote Großmütter, Schwiegermütter, Schwägerinnen und sonstiges Wild. Die Schwiegermütter sind dabei besonders mühsam zu verarbeiten!", lachte mein Mann, der sich sichtlich über den geistig schwerfälligen Mann freute.

„Und was machen Sie dann mit denen?", bohrte der Fachmann weiter.

„Verkochen, was sonst! Für die anfallenden Fleischmengen habe ich sogar einen eigenen Gefrierschrank unten im Keller und der Speck hängt auf einem großen Haken auf der Dachbodenstiege. Meine Schwiegermutter war nämlich echt fett."

Der Küchenprofi hörte zu tippen auf, starrte uns verdutzt an und meinte: „Wenn ich so etwas höre, sollte ich besser die Polizei rufen! Sie sind ja von Sinnen!"

Die Situation eskalierte zusehends.

Mein Mann und ich, euphorisch und zu jedem Späßchen bereit, der Küchenverkäufer, der eher geschult und interessiert war, Kunden eine experimentelle Molekularküche aufzuschwatzen – das ergab eine Konstellation, die einfach nicht funktionieren konnte.

Ich beruhigte den nervösen Herrn mit dem Angebot, mindestens zwanzigtausend Euro für die neue Küche ausgeben zu wollen. Die mögliche Provision ließ den Berater sofort jeden moralischen Zweifel in Sachen Tötungsabsichten an Schwiegermüttern und sonstigem Wild vergessen. Konzentriert fuhr er mit der Planung fort.

„Verzeihen Sie", entschuldigte sich mein Mann, „das mit den Schwiegermüttern war nur ein kleiner Scherz am Rande! Ich töte nur Wild. Die Rehe, Hasen und Fasane verarbeiten wir gleich in der Küche. Das benötigt natürlich sehr viel Platz, dafür kommt uns keine Mikrowelle ins Haus, weil wir alles frisch zubereiten. Ach ja, und neben dem Elektrobackrohr platzieren wir einen Holzofen. Der gibt Wärme und kochen kann man auch wunderbar darauf."

Der Küchenplaner hatte aufgehört, die Daten einzugeben, lehnte sich in seinem Sessel zurück und gab uns mit seinen verschränkten Händen nonverbal zu verstehen, dass er uns nicht verstand.

„Dann ziehen wir ein Stahlseil quer durch den Raum", schlug ich vor, „alte Pfannen und Siebe schauen neben getrockneten Kräutern und Tees einfach herrlich aus und erfüllen das ganze Küchenambiente mit einem herrlich rustikalen Touch!"

„Und", fragte mein Mann weiter, „wo geben wir die Tonnen an Marillen und Zwetschken hin, wenn wir sie einkochen?"

„Auf den alten Küchenofen. Und ja, eine Lade für das Holz würden wir auch noch brauchen und eine kleine Vorrichtung am Herd, damit sich die Kinder nicht die Finger verbrennen können."

Mein Mann schob den völlig irritierten Küchenplaner zur Seite und nahm die Planung am Computer nun selbst in die Hand. „Und deine Kochbücher?"

„Um Himmels willen! Richtig, die Kochbücher! Die kommen in die Regale oberhalb des Küchenfensters. Da kannst du leicht hinaufgreifen und dir die Rezepte für die Leberwürste holen."

Odysseus jubelte. „Apropos Würste, mein Liebes! Die Faschiermaschine muss unbedingt neben der Spüle platziert werden, damit ich mir leichter die Hände waschen kann. Und die Gedärme zum Füllen der Würste können wir dann gleich am Fenster zum Trocknen aufhängen! Du bist genial!"

Die Gesichtsfarbe des Planers hatte sich nach unseren Schilderungen von einem Zartrosa in ein blau-violettes Grün verwandelt. Er kämpfe offensichtlich gegen Übelkeit und Brechreiz. Wir übergingen diskret seine Unpässlichkeit.

„Aber versprich mir eines!", flehte ich meinen Geliebten an. „Zuerst fabriziere ich die Marmeladen, bevor du den Viechern an die Eingeweide gehst!"

„Versprochen!", meinte mein Grünrock und küsste mir die Hand.

Wir umarmten uns, doch dem Herrn vis-à-vis waren unsere Wünsche einfach zu viel.

Mit zittrigen Händen zündete er sich eine Zigarette an und meinte völlig verstört: „Ich bin nervlich am Ende, so etwas kann ich nicht planen! Was machen Sie da eigentlich noch alles in dieser Küche?"

Wie aus der Pistole kam es von unserer Seite geschossen: „Na, wir kochen!"

„Aber nicht mit mir!", schrie er uns an. „Ich plane Küchen. Küchen für zivilisierte Menschen! Menschen aus dem 21. Jahrhundert! Blutabtropftassen, Schneideflächen, Behälter für Eingeweide neben Kräutern und Tees. Was ich gerade gehört habe, entzieht sich meinen technischen Möglichkeiten! Sie treiben mich mit Ihren Wünschen in den Wahnsinn! Schauen Sie, dass Sie weiterkommen, sonst hol ich die Polizei oder besser den Grünen Heinrich!"

Der Küchenprofi drückte zornig seine Zigarette im Blumentopf aus, erhob sich und komplimentierte uns unsanft aus dem Küchenstudio.

„Dummer Mensch", meinte ich im Auto bei der Heimfahrt. „Und so etwas nennt sich Küchenberater? Der Idiot hat keine Ahnung vom Kochen und will uns eine Küche verkaufen, dabei hätten wir es ihm so einfach gemacht."

Odysseus und ich waren uns nach dem Besuch in dem Küchenstudio einig. Wir beschlossen, die nächsten dreißig Jahre weiterhin in unserer alten „Glykolküche" zu kochen.

Unsere Gäste jubelten, denn in ihr schmeckt's einfach am besten!

Geschenke erhalten die Freundschaft, lautet ein altes Sprichwort.
Wozu sicher auch kleinere und größere Gehässigkeiten zählen,
die die familiären Beziehungen erst genießbar machen,
so wie meine ...

MARTINIGANS

Das „Martinigansl" ist in meiner Familie die Generalprobe und zugleich der Startschuss zum ultimativen weihnachtlichen Irrsinn.

In freudiger Erwartung findet sich in meinem Haus die gesamte Mischpoche zum opulenten Mahl ein, meine überglückliche Mutter, von allen liebevoll „Omi" genannt, und meine drei Schwestern mit ehelichen und unehelichen Partnern samt Kindern, also mindestens dreißig Personen.

Spätestens bei der Sitzordnung sträuben sich mir die Haare. Meine älteste Schwester zum Beispiel, Ärztin und militante Homöopathin, darf nicht neben meinem Schwager, einem arroganten Schulmediziner, sitzen. Regelmäßig kommen sich die beiden ins Gehege und können nur schwer voneinander getrennt werden. Tante Frieda, bekannt und gefürchtet wegen ihrer kulinarischen Unverträglichkeiten, die sich für alle in einem höchst unangenehmen Reizdarm zeigen, muss in der Nähe der Türe sitzen, um schnell zur Toilette zu kommen. Die siebenundzwanzig anderen Personen tummeln sich irgendwo zwischen schlafenden Kleinkindern und keifenden Hunden herum.

Für mich bedeutet der jährliche „Martinischmaus" Stress pur. Nicht nur die Küche quillt mit Speisen und Getränken über und gleicht einer mittelgroßen Autobahnraststätte, auch im Wohnzimmer lassen sich die lieben Verwandten wie eine ägyptische Heuschreckenplage nieder und zermalmen alles, was nach Fressbarem aussieht.

Auf die gütige Großmutter muss bei diesen traditionellen Anlässen besondere Rücksicht genommen werden. Sie darf nicht wissen, dass Hermann, ihr Lieblingsschwiegersohn, ein Verhältnis mit seiner Sekretärin hat und meine dritte Schwester kurz vor ihrer Scheidung steht. Dass mein Sohn wahrscheinlich die sechste Klasse wiederholen muss, Amily zum Geburtstag einen Hund bekommen hat und Viktoria schon wieder „unverschuldet" schwanger ist, soll die Großmutter erst unter dem Christbaum erfahren. Solche Dinge passen einfach nicht zum sensiblen Nervengerüst von Omi und schon gar nicht zum fetten Essen einer Martinigans. Wer weiß, wie lange die betagte Großmutter noch unter uns weilt.

Bei diesen Festtagen verfolge ich seit Jahren „die Strategie der gefüllten Bäuche".

Je fetter das Essen und satter die Mägen, desto oberflächlicher und fauler sind die Gespräche. Ein Disput oder Streit kann sich erst gar nicht entwickeln, zu sehr ist jedermann mit seinem Magen und seinem Gedärm beschäftigt.

Die Maxime eines gelungenen „Martinigansls" ist die Glückseligkeit der Großmutter, die in keiner Weise mit Konflikten oder Streitereien aus unseren Patchwork-Familien belastet werden darf. Omi hat ein schwaches Herz, leidet unter hohem Blutdruck, ist zuckerkrank und lässt uns das auch jedes Jahr mit einem treuherzigen Dackelblick wissen: „Es könnte heuer wirklich mein letztes Martinigansl sein."

So stand ich vergangenes Jahr mit meiner Mutter, der gütigen und liebevollen Omi, in der Küche inmitten plärrender Kinder und dampfender Töpfe, um die Martinigänse zu braten. Wie üblich ließ sie mich spüren, wer der eigentliche Chef in der Küche war.

Ständig zwang sie mich zu Handlangerdiensten. Ich schälte Karotten, putzte den Zeller und „durfte" zum ersten Mal unter ihrer Anleitung die Gänse ausnehmen. Widerwillig musste ich ihr gehorchen, ich sollte endlich in die Geheimnisse einer „guten" Hausfrau eingeweiht werden, ihre Tage seien gezählt.

„Und nun zu den Knödeln!", rief sie mir zu und hatte bereits eine große Schüssel in der Hand.

„Mama", erwiderte ich mit trotzigem Unterton, „ich habe Erdäpfelknödel im Tiefkühlschrank!"

„Selbst gemachte oder gekaufte?", sie starrte mich zornig an.

„Gekaufte, die schmecken viel besser und außerdem zerfallen sie nicht!"

Meine Mutter kämpfte mit ihrem Blutdruck und musste sich kurz am Tisch festhalten. Nach einem Gläschen Prosecco zur Beruhigung fand sie wieder zu ihrem Befehlston.

„Du kannst doch nicht Erdäpfelknödel zur Gans servieren, noch dazu gekaufte!"

„Warum denn nicht?", fragte ich in ihre erschrockenen Augen blickend.

„Weil es bei uns zu Hause immer Semmelknödel zum Gansl gab und keine Erdäpfelknödel! Das ist Tradition!"

„Bitte, Mama, das ist doch eine kulinarische Wortklauberei und vollkommen wurscht!"

Es war der Chefköchin natürlich nicht „wurscht" und so stand ich kurzerhand in der Speisekammer und suchte nach Semmelwürfeln. Da ich selten, eigentlich nie Knödel koche, fand ich nur eine sehr alte, vergammelte, längst abgelaufene Packung aus dem Jahr 2007.

Ob mit oder ohne Motten, zu diesem Zeitpunkt und in Anbetracht dreißig hungriger Mäuler war mir sowieso alles egal.

Die großmütterliche Küchenfee entriss mir sofort die Packung und erklärte mir detailgetreu, wie man richtig Semmelknödel fabrizierte.

„Mama, du kannst diese Semmelwürfel nicht mehr verwenden!", ich konnte es mir einfach nicht verbeißen. „Da schwimmen Mottenwürmer im Teig herum!"

„Echt? Na dann gib eben mehr Petersilie hinein, dann sieht man die Motten nicht mehr!"

„Das kannst du doch nicht machen?!", erwiderte ich.

„Selbstverständlich! Was glaubst du, was dein Vater oft essen musste?"

„Mama!" Ich war schockiert.

„Schatzilein, du bist vielleicht naiv! Was glaubst du, warum dein Vater und ich so eine harmonische Beziehung geführt haben? Wenn er mich ärgerte oder wieder einmal mehr Zeit im Wirtshaus als bei mir verbrachte, gab's eben ein versalzenes Essen oder Würmer in seiner Suppe. Kleine Gehässigkeiten versüßen nämlich das Eheleben. Mich hat das immer sehr befriedigt!"

Ein rachsüchtiger Ton war in ihrer Stimme zu hören. Jetzt war ich richtig froh, dass sie ihm nie giftige Pilze untergejubelt hatte.

Omi hatte bereits die Petersilie geschnitten und in den Teig gegeben. Zum Schluss krönte sie das Ganze mit Salz, Pfeffer und Muskatnuss.

„Wirst sehen, die werden allen wunderbar schmecken. Musst es ja niemandem sagen!"

„Ich werde mich hüten!", murmelte ich, während ich rasch die wurmdurchsetzten Kugeln formte.

„Weißt du, die Würmer schaden Hermann gar nicht, so ein erotisch aufgeladener Volltrottel! Hat ein Verhältnis mit der eigenen Sekretärin!"

Ich wurde kreidebleich und musste mich setzen.

„Und Amily, die verlogene Göre hätte mir schon längst sagen können, dass sie einen Hund hat. Auch Viktoria wird das bisschen mehr an Proteinen nicht schaden, die braucht das jetzt sowieso für ihre Schwangerschaft, und dein Sohn hat es schulisch nicht anders verdient."

„Mama, woher weißt du das alles? Ich bin entsetzt, du bist ja noch gehässiger als ich!"

„Sag ich ja, der Apfel fällt nicht weit vom Stamm. Und im Übrigen, eine gute Köchin weiß immer alles! Ich bin zwar schon alt, aber nicht blöd!", lachte sie und klopfte mir siegessicher auf die Schulter.

Das Martinigansl war natürlich ein Gedicht. Und erst die Knödel!

Mit größtem Wohlwollen und tiefer Befriedigung beobachteten wir Köchinnen mit einem Gläschen Weißwein in der Hand das gierige Schlemmen unserer Liebsten und sagten kein Wort.

Die „Strategie der gefüllten Bäuche" ging natürlich auf. Es herrschte zufriedene Sattheit, kein Disput, kein böses Wort und keinerlei belastende Diskussionen störten den Familienfrieden. Omi hat nämlich ein sensibles Nervengerüst, sie muss geschont werden. Das „Gansl" könnte ja wirklich ihr letztes sein.

Na, Mahlzeit!

Die besten Satiren sind die, die wirklich passieren.
Je verrückter, desto besser. Wie folgende Anekdote,
die mir sicher niemand glaubt,
obwohl sie (fast) nicht gelogen ist.

CYRANO DE BERGERAC ODER „BEI DER NÄCHSTEN NUDEL STECH' ICH!"

Als Eltern schulpflichtiger Kinder ist man dem österreichischen Bildungssystem auf Gedeih und Verderb ausgeliefert. In meinem Fall eher auf Verderb, denn mein Sohn hatte großmäulig seiner Deutschprofessorin ins Gesicht geknallt, Gott hätte ihn trotz Legasthenie mit einer überdurchschnittlich hohen Intelligenz ausgestattet. Über alles und jedes könnte er seine vorwissenschaftliche Arbeit schreiben.

„Und dann hat er noch unverfroren ein Schäuflein draufgelegt, indem er behauptete, mir wäre diese Gnade einer höheren Intelligenz nicht zuteilgeworden", teilte sie mir erbost am Telefon mit. Der Gegenstand Deutsch und sie als Professorin seien ihm völlig egal.

Es gibt nun zwei Möglichkeiten, wie Pädagogen auf solche Situationen reagieren. Die einen lachen und übergehen den intellektuellen Ausrutscher, die anderen reagieren mit einem weit unangenehmeren Verhalten: Rache.

Die Pädagogin entschied sich für die zweite Variante und die hieß: Er sollte eine wissenschaftliche Abhandlung über Zeitumstände, Geschichte und Philosophie der Aufklärung anhand des Klassikers *Cyrano de Bergerac* von Edmond Rostand schreiben.

Abgabetermin in zwei Wochen.

Da mein Sohn zu den Schülern gehörte, die gerne verdrängen, kam Johannes erst eine Woche vor Ablauf der Frist zu mir in die Küche und bat mich inständig um Hilfe.

„Sag, was ist dir denn da wieder eingefallen?", ärgerte ich mich über das komplizierte Thema. „Andere Schüler schreiben über Diabetes bei Jugendlichen, Digitalisierung in der Schule oder simpel über Einsatz und Verwendung von Donaubrücken. Wie kommst du denn auf so einen Schmarren?"

Es wäre reine Rachsucht gewesen, meinte er schmollend, die dumme Kuh würde sich für sein Verhalten in der Schule rächen und nun hätte er die Bescherung.

„Toll, die Bescherung habe jetzt ich, kennst du dieses Buch überhaupt?"

„Keine Ahnung, ich kann nicht einmal den Namen buchstabieren!", jammerte er mich an.

Und schon waren sie wieder da, diese großen dunklen bittenden Augen, in deren Blick größte Liebe und Dankbarkeit zum Vorschein kamen und auf die ein *Nein* wie ein Faustschlag gewirkt hätte.

„Natürlich helfe ich dir!", waren meine letzten Worte, dann zog er sich zurück, um weiter zu büffeln. Er musste sich schließlich noch sein Mathematik-Nicht-Genügend ausbessern. Aber was tut man nicht alles, um seinem Kind zur gymnasialen Reife zu verhelfen.

Wie Tausende andere Elternpaare auch saßen mein Mann und ich die nächsten Tage in der Küche und schrieben an der Arbeit. Wir teilten uns die Aufgabenstellung gerecht auf. Odysseus paukte und vertiefte sich in die Zeit des *Cyrano de Bergerac*, in die Geschichte des französischen Absolutismus, des Merkantilismus und der Aufklärung.

Ich las mich ins Leben Edmond Rostands und sein Werk *Cyrano* ein und kam dabei ins Schwärmen. Ach, war diese Geschichte romantisch!

Roxane, die Cousine von Cyrano war zu beneiden, als Frau von zwei Männern geliebt zu werden. Der eine schön wie der Frühling, aber dumm wie ein Sack Stroh, der andere zwar hässlich, aber ein Frauenversteher und romantischer Poet. Es zerriss mir förmlich das Herz, mitansehen beziehungsweise lesen zu müssen, wie die arme Frau ins Kloster ging, ihr junger schöner Liebhaber starb und Cyrano, der eigentliche Held des Theaterstückes, erst in den letzten Zügen seines Lebens Roxane seine große Liebe gestand. Es ging so herrlich traurig aus.

Unsere hingebungsvolle Arbeit brachte durchaus auch Vorteile mit sich, denn je dümmer sich unsere Kinder gebärdeten, desto gescheiter wurden wir Eltern.

Im Nu redeten wir über nichts anderes als „unseren" Cyrano, erklärten unserem Sohn die Zeitumstände, die Philosophie der Aufklärung und gaben ihm Kostproben aus dem wunderbaren Werk. Jeden Tag trafen wir uns allabendlich zu unseren philosophischen und lyrischen Diskursen und merkten bald, dass sich der Bursche tatsächlich von uns inspirieren ließ.

Johannes hatte sich zur praktischen Veranschaulichung des Werkes die alte Plastikritterrüstung von der Dachbodenstiege geholt und übte sich mit seinen Brüdern in Schwertkämpfen anstatt Mathematik zu lernen. Die infantile Phase hört offensichtlich nie auf.

Zum Putzen und Einkaufen kam ich nicht mehr, ich ließ den Haushalt im wahrsten Sinne des Wortes verludern. Aus Zeitgründen hatte ich die Küche auf das Notwendigste reduziert. Wir ernährten uns von Nudeln und Reis und den lyrischen Ergüssen des 19. Jahrhunderts.

Auch die demente Tante Luise wurde nicht mehr versorgt, die Hunde jammerten vor der Türe und verrichteten ihre Notdurft hinter dem Auto, damit ich schnell wieder an meinen Küchentisch kam, um weiterzuarbeiten.

Wir tauchten immer tiefer in die Welt Edmond Rostands ein. Fortan sprach ich meinen Mann nicht mehr mit Odysseus, sondern mit dem edleren Namen Cyrano an. Wir verneigten uns höfisch, wenn wir uns im Haus begegneten, und redeten miteinander in der dritten Person.

Es hätte noch Wochen so weitergehen können, doch der Abgabetermin rückte bedrohlich näher, wir hatten zur Fertigstellung nur noch zwei Tage.

Das plötzliche Klingeln an der Eingangstüre riss mich aus meinen Gedanken.

Es gibt in unserem Hause Besuche, die angekündigt und willkommen sind, und dann gibt es Gäste, die völlig unerwartet und ungeladen vor der Türe stehen und unsere ganze Zeit und Aufmerksamkeit einfordern.

In diesem Fall war es Christian, ein Installateur aus dem Ort, der sich in einer schweren beruflichen und privaten Lebenskrise befand.

Ich schob meine Bücher zur Seite und hörte mir geduldig seine Probleme an. Die beruflichen Fragen waren dank meiner betriebswirtschaftlichen Kenntnisse schnell gelöst, die intimen Probleme mit seiner Frau benötigten jedoch Stunden. Als Beispiele für eine romantische Beziehung zitierte ich aus dem Werk von Rostand. Im Leben ginge es nicht um Schönheit, Macht oder Erfolg, was bei Frauen zähle, wären Romantik und geistreicher Humor, und die beweise er seiner „Roxane" in Form von Rosen oder Gedichten. Er müsse seine Frau wieder umgarnen und umwerben, auch mit drei Kindern und nach zehn ziemlich schwierigen Ehejahren. Christian verstand, trank aber trotzdem ein Glas Wein nach dem anderen. Nie und nimmer könne er seine Angebetete mit Romantik und Lyrik überzeugen, meinte er. Er täte sich schon schwer, die Gebrauchsanleitungen der Gasheizungen sinnerfassend zu lesen. Er sei eben ein Trottel, schluchzte er und spülte seinen Kummer mit Alkohol hinunter.

Armer Mann, er tat mir schrecklich leid. Ich strich ihm verständnisvoll über den Rücken und versprach ihm, in seinem Namen ein zärtliches Gedicht für seine Gattin zu schreiben, als es neuerlich klingelte.

Mein Freund Norbert stand vor der Türe, ein Studienkollege aus früheren Zeiten, und bat um Aufnahme in mein Haus, was ich ihm selbstverständlich nicht verwehrte. Seine Alkoholfahne und seine bunte Schlaraffenmütze sprachen Bände. Nein, nein, lallte er, während er sich neben Christian setzte, es wären keine Beziehungsprobleme gewesen, die ihn in mein Haus hätten flüchten lassen. Alles sei in bester Ordnung. Er hätte nur teuflische Angst vor seiner Frau. Die vergangene Nacht hätte er in der Burg mit seinen Schlaraffenfreunden durchgesoffen, seiner Frau aber vorgelogen, er sei beruflich unabkömmlich. Nun getraue er sich einfach nicht nach Hause. Christian der Installateur und Nobert der Schlaraffe machten die nächste Flasche Wein auf und waren nach einer weiteren *perdu*.

Ich blickte auf die Uhr und bekam Beklemmungen, mein Tagessoll für die Arbeit meines Sohnes war noch lange nicht erfüllt. Wichtige Szenen waren nicht bearbeitet und beschrieben, langsam wurde mir angst und bange.

Die Burschen kämpften mit ihren Schwertern um den Tisch herum, die zwei Männer lachten und amüsierten sich königlich.

Durch den Lärm gestört, kam Odysseus ziemlich genervt in die Küche. Er verbeugte sich tief vor mir und zog dabei seinen Federhut vom Kopf. Dann überreichte er mir die letzten Kapitel zum Korrigieren. Er wollte endlich zu Bett.

„Verdammt, wer ist denn der Irre?", juchzte der dümmliche Christian vor Vergnügen. Odysseus holte tief Luft, stellte sich breitbeinig vor die Lachenden und meinte bitter:

Wer ich bin, mein Herr?
Musiker und Reimedrechsler,
Physiker, Philosoph und Fechter,
Zungenfertiger Schlagwortwechsler,
Mondreisender ohne Sack und Pack,
Liebhaber auch – jedoch ein schlechter!
Hier ruht und wartet des Jüngsten Gerichts
Cyrano Savinien Herkules von Bergerac.
Der alles gewesen und dennoch nichts.
Doch nun verzeiht; nun muss ich euch verlassen.
Ihr seht, der Strahl des Mondes will mich fassen.

Christian und Norbert erstarrten und fingen nach ein paar Sekunden lauthals zu brüllen an, was mich kränkte, immerhin verspotteten sie meinen geliebten *Cyrano*, undankbare Bagage!

Das Lachen verstummte jäh, als Otto erschien und der Szenerie lang anhaltenden Beifall zollte. Ich kam mir in diesem Moment vor wie auf der Löwinger-Bühne.

Otto hatte das Privileg eines eigenen Schlüssels zu meinem Haus, als bester Freund konnte er kommen und gehen, wann immer er wollte.

Er hatte sich bei mir im Badezimmer umgezogen und stand mit Smoking, weißen Glaceehandschuhen und einem riesigen schwarzen Umhang mit zwei weißen Kreuzen vor uns, ein Grabesritter.

Christian und Nobert konnten sich nicht mehr halten: „Euer Haus ist ein Wahnsinn! Das ist ja wie der Villacher Fasching, und das Anfang Mai!"

Sogar die Burschen hatten kurz ihren Schwertkampf unterbrochen und sahen den echten Ritter fassungslos an.

Otto setzte sich an den Tisch und schwieg betreten. In seinen Augen konnte man deutlich seine Gedanken lesen: „Dumme Proleten, ihr habt keine Ahnung, dass ich in einer Stunde zum Ritter geschlagen werde. Ritter des heiligen Grabes von Jerusalem, mit allem, was dazugehört!"

Der Ritter erhob sein Glas und prostete in die Runde. „Auf das Heilige Grab, auf dass es mit meinem Blut beschützt sein möge!"

Klein Manuel zupfte mich diskret am Pullover und flüsterte: „Gell, Mama, der ist ein bissi blemblem."

„Ein bissi, aber warum denkst du das?"

„Weil die ein leeres Grab beschützen!"

„Wie kommst du denn darauf?"

„Na, weil der Jesus ja auferstanden ist, deswegen ist es leer!"

„Richtig! Aber es gibt Dinge im Leben, die kann man einfach nicht verstehen, sondern nur ertragen", meinte ich.

Ich griff mir an den Kopf, diese schrecklich neurotischen Männerbünde!

Verdammt, ich hatte unendlich viel zu tun und nun saßen an meinem Tisch drei völlig durchgeknallte Herren, der eine ein Alkoholproblem, der andere ein Beziehungsproblem und der dritte ein Identitätsproblem. Und ich hatte bald ein Mutter-Sohn-Problem, weil ich die Arbeit nicht fertiggebracht hatte.

Ich musste die lästigen Gäste irgendwie loswerden und bat um Verständnis. Ich hätte einfach nichts im Kühlschrank, die Kinder müssten versorgt werden und überhaupt, heute wäre einfach keine Zeit für irgendwelche Debatten über Beziehungen oder die Sinnhaftigkeit bewachter Grabstätten, die sowieso leer waren. Manuel strahlte, ich hatte sein Argument verwendet, um mich der auffälligen Bande zu entledigen.

Das sei alles kein Problem, meinten die Herren. Ich, die „Grabnerin", solle so nett sein und mich auf das besinnen, was eine Gastgeberin auszeichne. Sie meinten damit offensichtlich: Mund halten und bedienen.

Jetzt reichte es meiner feministischen Seele, ich griff in die Vorratslade und fand zwei Packungen Spaghetti, als Waffe überaus geeignet. Die Kinder erstarrten und flüchteten ängstlich in die Arme meines Cyranos. Sie wussten, wozu ich fähig war.

Wie eine Furie bäumte ich mich vor den Männern auf, nahm die Nudeln und „stach" einen Herrn nach dem anderen mit Cyranos Versen aus meinem Haus.

Den Schlaraffen Norbert traf es als Ersten und es verging ihm sein blödes Lachen.

Abseits werf ich meinen Filz,
Und, damit ich Luft mir schaffe,
Auch den Mantel; denn nun gilt's
Rüstiger als ein Schlaraffe,
Greif ich meine blanke Waffe
und zu meinem Gegner sprech ich:
Sieh dich vor, geputzter Affe,
Denn bei der letzten Nudel stech ich!

Nun war der schöne Installateur an der Reihe.

In Ermangelung edlen Wilds
Wünsch ich, dass ein Stück dir klaffe,
In der Leber oder Milz.
Schau, mein Arm, der kräftig straffe,
Strebt nun, dass er dich erraffe.
Mein verhöhntes Antlitz räch ich,
Dass es keiner mehr begaffe,
Denn bei der letzten Nudel stech ich.

Als ich zum dritten und letzten Vers anhob und zustechen wollte, traf ich ins Leere. Otto, der tapfere Grabesritter, hatte vorher bereits fluchtartig die Küche verlassen. Ihm rief ich nach:

Wirst du grünlich wie ein Pilz?
Gleich der zitternden Giraffe
Muster eines Jammerbilds!
Zeigst du, dass dein Mut erschlaffe,
Eh' mein Pulver ich verpaffe?
Heut dein warmes Herzblut zech ich
Aus kristallener Karaffe;
Denn bei der letzten Nudel stech ich.

Odysseus nahm mich zärtlich in die Arme: *„Oh, wie lieb ich Euch! Warum nur schwieget Ihr so lange?*

Daraufhin antwortete ich nach höfischer Art: *„Weil edle Rücksicht meine Zunge band!"*

Johannes hatte sich mittlerweile seiner Ritterrüstung entledigt, entriss mir die Spaghettipackung und Odysseus den Federhut und meinte trocken, wir sollten endlich mit dem Irrsinn aufhören. Wir seien nicht länger zu ertragen. Er würde in Zukunft lieber alles selbst in der Schule erledigen. Dann nahm er das unvollständige Manuskript und verschwand in seinem Zimmer.

Seit dieser bühnenreifen Begegnung haben wir für unsere Kinder nie wieder etwas für die Schule vorbereiten müssen. Sie haben trotzdem die Matura geschafft.

Neuerdings kursiert das Gerücht im Dorf, dass bei mir nicht nur Nudeln, sondern auch Verse stechen können. Die Gäste kündigen sich an, sind sittsam und erscheinen ohne übertriebene Kostümierung. Genauso gehört es sich – denn beim letzten Verse stech' ich!

Die Mutterliebe ist wie ein Bumerang.
Du wirfst sie großzügig aus in der Hoffnung,
dass sie irgendwann einmal wieder zu dir,
der Werferin, zurückkommt.
Und sie kommt zurück, aber immer anders,
als du denkst.

WINGS FOR LIFE

„Scheiß Muttertag!"

An diesem besonderen Tag saß ich in der Früh alleine in der Küche und ärgerte mich. Nach ein paar Minuten gesellte sich mein Selbstmitleid zu mir an den Tisch und schmollte, wie üblich.

Großzügig hatte ich noch vor ein paar Minuten meinem Mann die zärtlichen Worte ins Ohr geflüstert: „Nein, um Gottes willen, warum sollte es mir etwas ausmachen? Ich stehe doch über den Dingen. Du brauchst kein schlechtes Gewissen zu haben!" und ihn danach in seine weidmännische Freiheit entlassen.

In der Küche türmten sich Berge an Geschirr und die Gläser der vergangenen Nacht.

Die Burschen hatten „Party gemacht", wohl wissend, dass sie am nächsten Tag zeitlich in der Früh bei einer Benefizveranstaltung namens „Wings for Life" arbeiten mussten.

Das Haus war menschenleer, und das am Muttertag!

Ich muss zugeben, ich stand natürlich nicht über den Dingen. Die Rasselbande hatte offensichtlich den Titel meines Buches *Jeder Tag ein Muttertag* zu wörtlich genommen. Ihrer Meinung nach konnten sie mich als Mutter ja immerhin die anderen dreihundertvierundsechzig Tage im Jahr feiern.

Mein Selbstmitleid öffnete zur Feier des Tages eine Flasche Prosecco und setzte sich wieder zu mir an den Tisch.

„Das haben wir zwei nun davon! Vier Kinder haben wir unter Schmerzen geboren und großgezogen und wie danken sie es uns? An unserem großen Tag sitzen wir alleine am Küchentisch!"

„Ach, komm schon!", beschwichtige ich es und prostete meinem Selbstmitleid zu. „Ich halte nichts von diesen aufgesetzten Feiertagen. Gibt sowieso nur Stress. Überlege einmal, wie es die vergangenen Muttertage bei uns zugegangen ist. Ich stand in der Küche, kochte und panierte für das familiäre Großereignis. Eine ganze Kompanie musste ich verköstigen, meine verkappten Schwestern mit Ehemännern und Lebensabschnittspartnern, ihre verhaltensauffälligen Kinder, meine Schwiegereltern und den General, meine Mutter, als Krönung dazu. Danach fuhren alle entspannt und mit dicken Bäuchen heimwärts und hinterließen mir eine dreckige Küche und einen devastierten Garten. Da haben wir es doch heute viel gemütlicher, nur du und ich und ein Gläschen Prosecco!", versuchte ich mein zweites Ich zu beruhigen.

Mein Selbstmitleid bohrte beleidigt nach: „Lüg dir doch nicht ins Hemd! Weihnachten feiert man doch auch am 24. Dezember! So ist es auch am Muttertag, der ist unverzichtbar und unverrückbar. Einen Muttertag verdient sich jede Frau! Und bedenke, auch wenn du ganze Heerscharen verköstigt hast und sie dir jetzt in den Hintern kriechen, so wird deine Mischpoche spätestens bei der Erbschaft alles vergessen haben und dir das Hackl ins Kreuz hauen!"

„Hör doch auf, dauernd über meine Familie zu meckern! Du gehst mir mit deinen ständigen Sticheleien auf die Nerven. Ich mag Muttertage nicht, du kennst mich. Diese Tage sind völlig überbewertet, auch der Valentinstag, Geburtstage oder der Welttag der Frauen. Dieses Herumgegendere bringt doch niemandem etwas, am wenigsten uns Frauen. Wir kaufen uns damit nur Ärger und Arbeit ein."

„Stimmt nicht!", protestierte mein Selbstmitleid. „Du solltest dich von deinen Lieben schon feiern lassen. Verdient hättest du es, immerhin hast du viel für sie geopfert!"

„Geopfert?"

Ich wusste nicht, worauf das andere Ich hinauswollte. Mir ging es fantastisch, ich hatte endlich wieder mehr Zeit, die Kinder waren außer Haus und ich konnte mich meinen Büchern und dem Schreiben widmen.

Mein Inneres überlegte, schaute mich eindringlich an und meinte ironisch lächelnd: „Na, deine Schönheit zum Beispiel!"

„Meine bitte was?", hakte ich ärgerlich nach, so direkt wollte ich es nicht wissen.

„Ja, deine Schönheit! Schau dich doch an. Jedes Kind hat seine Spuren hinterlassen!"

Genau, meinte ich von oben herab, aber das war ja das Reizvolle an Kindern, ich war stolz auf meine Lach- und Sorgenfalten.

„Auch auf das Doppelkinn und dein Übergewicht?"

„Ja, auch auf das! Immerhin zählen im Leben die inneren Werte!", schmollte ich zurück.

„Das müssen alle sagen, die blad sind, meine Liebe!"

Jetzt reichte es mir. An meinem Muttertag musste ich mir nicht ständig das Gejammere und Geheule meines Selbstmitleides anhören, das hatte ich die anderen dreihundertvierundsechzig Tage ohnehin von meiner lieben Verwandtschaft zu ertragen. Ich stand auf und drohte meinem Gegenüber, die Konversation zu beenden oder zumindest das Proseccoglas zu entfernen.

Das Selbstmitleid fing zu heulen an: „Du kannst mir alles wegnehmen, aber nicht meine Gedanken! Erinnere dich an unsere erste Geburt!"

Schon tauchten aus den Tiefen meines Gedächtnisses wunderbare Bilder auf, eines nach dem anderen. Tränen der Freude kullerten über meine Wangen.

Ferdinands Geburt, 1991, neunundfünfzig Zentimeter groß, viertausendsechshundertsechzig Gramm schwer, Kreißzimmer Nr. 2. Eine solche Tortur auszuhalten, das sollte mir einmal jemand nachmachen!

„Ignaz Semmelweis war so stolz auf uns! Nicht nur, dass wir ein gesundes Riesenbaby bekamen", meinte mein Selbstmitleid, „nein, wir haben einem jungen Arzt den Spiegel der Erkenntnis vorgehalten! Das war schon sehr lustig!"

Ein kurzer Schauer durchrieselte mich, da war gar nichts Lustiges an so einer Geburt, wenn ich es genau betrachtete. Immerhin hatte ich bei meinem ersten Sohn während der Schwangerschaft zweiundzwanzig Kilo zugelegt und glich eher einem Wal als einer anbetungswürdigen Aphrodite.

Wir Jungeltern, also eigentlich ich, hatten uns zu einer „gesunden und natürlichen" Geburt entschieden. Das war damals im wahrsten Sinne des Wortes der letzte Schrei in Wien.

Zurück zur Natur war die Devise. Alles natürlich, alles echt. Echte Tränen und echter Schmerz, nur so war nach Auskunft der Hebamme auch eine wirklich tiefe Beziehung zu dem neuen Erdenbürger möglich. Die blöde Kuh hatte offensichtlich noch nie geboren und daher auch keine Ahnung, was Schmerz bei mir auslöste, nämlich ungebremste Wut.

Nach einem sechsundzwanzigstündigen Geburtsmarathon war es mir herzlich egal, ob dieses Kind nun natürlich zur Welt kommen würde oder nicht. Ich schrie und bettelte nach Schmerzmitteln oder anderen Medikamenten, die mir ein heillos überforderter und im höchsten Maße arroganter Jungmediziner verweigerte. Wie hieß der Vollidiot doch gleich? Ach ja, Dr. Giovanni Balloni. Ein Italiener!

In gebrochenem Deutsch erklärte er mir Gebärenden, dass eine Geburt etwas völlig Normales sei.

„Madonna mia, du kriegen bellissimo bambino!", was mich zur Raserei brachte, weil ich Italiener nicht ausstehen kann, schon gar nicht im Kreißsaal. Wenn ich das vorher gewusst hätte, hätte ich Blasensprung und Wehen unterdrückt und vielleicht noch einen Tag gewartet, nur um nicht in die Fänge dieses italienischen Gigolos zu geraten. Denn der testosterongeschwängerte Mann hatte vor allem ein Auge auf die blonde Hebamme geworfen. Er vergaß mich, den Wal, der sich vor ihm auf dem Gebärstuhl räkelte, und flirtete ungeniert mit einem Stück Pizza in der Hand mit seiner Gespielin im Geburtszimmer. Er ließ von der blonden Schönheit erst ab, als ich bereits den kleinen Kopf des Babys zwischen meinen Beinen spürte und ihn unverblümt anschrie: „Jetzt tun Sie endlich was, Sie affektiertes italienisches Arschloch!"

Ich trank einen Schluck und musste lachen, der hatte sich diese Geburt sicher ganz anders vorgestellt und würde sich ein Leben lang an mich erinnern.

„Siehst du!", lächelte mir mein Selbstmitleid zu. „Unsere Geburt hat den jungen Arzt dermaßen eingeschüchtert, dass er später sein Fach gewechselt hat, er wurde Urologe."

„Geschah ihm recht!"

Und dann ging es Schlag auf Schlag, ein Kind nach dem anderen kam, und das mit Schmerzmitteln, dafür ohne Italiener, sinnierte mein Selbstmitleid gerührt.

Das Leben hörte nur noch auf die drei berühmten Buchstaben „K": Küche, Kochen, Kinderzimmer.

Mein Selbstmitleid plusterte sich wieder auf: „Ich sag dir was, es war zum Kotzen, wieder ein K, aber du wolltest es ja so. Stundenlanges Wachen und Vorlesen an den Kinderbettchen, schlaflose Nächte, weil die Buben unbedingt im ehelichen Bett nächtigen wollten. Hunderte Krankenhausaufenthalte mit gebrochenen oder verstauchten Fußballbeinen, ständig laues Essen am eigenen Teller, Dauerkrisen bei den Banken, die irgendwelche Kredite fällig stellten, und eine Erotik, von der du nur noch träumen konntest."

„Das stimmt doch gar nicht!", fiel ich den kritischen Betrachtungen ins Wort. „Du weißt, dass mein Mann und ich eine ausgeglichene und sehr harmonische Beziehung führen!"

„Mag sein, aber Harmonie ist der Tod für jede Art von Sex, das solltest du am besten wissen!", ätzte mein Selbstmitleid.

„Das liegt an den Hormonen! Und am Schlafmangel!", konterte ich.

„Papperlapapp! Hormone! Dass ich nicht lache! Ihr beide begegnet euch doch nur mehr in den Schaltjahren!"

„Genau darüber will ich heute nicht reden, und schon gar nicht mit meinem Selbstmitleid! Lass uns lieber ein neues Bild aus unseren Erinnerungen holen!"

Wir blätterten weiter in unserem Gedächtnis. Der Hausumbau, ein neues Auto, der Garten und unzählige Kinder, die darin herumtollten.

„Du brauchst dir deine kleine Welt nicht schönzureden, im Nachhinein ist alles romantisch, das liegt an deiner verkorksten katholischen Erziehung! Denk an deine kaputten Bandscheiben und an deinen Kreuzbandriss!", lästerte das Selbstmitleid weiter.

Ich hatte die Kritik überhört und war bereits bei meinem nächsten Bild.

Mein Gott, wie süß, Johannes an seinem ersten Schultag. Ein hübscher und gescheiter Bub und so aufmerksam und lernwillig.

„Und ein bisserl g'stört!"

„Wie denkst du über meinen Sohn?", ärgerte ich mich.

„Wenn sie klein sind, unsere Kinderchen, sind sie ja

süß, mit ihren großen erwartungsvollen Augen und ihren schmuddeligen Mützchen und Däumchen, an denen sie ständig nuckeln. Die Verhaltensbiologie nennt das Kindchenschema. Schaut süß aus, ändert aber nichts an der Tatsache, dass Kinder Vollblutegoisten sind. Vergiss die ‚goldigen' Muttertagsgedichte, die waren doch stets die gleichen, jedes Jahr. Du kanntest sie schon auswendig! Dann diese saublöden Basteleien, selbst gehäkelte Handytaschen oder bemalte Kochlöffel. Hast du nicht früher immer darüber gespöttelt, dass das Frauenbild bereits in der Schule völlig falsch kommuniziert wird? Die sollen uns lieber einen Aschenbecher oder Lederetuis für die Zigarettenpackungen basteln! Das waren deine Worte!"

„Stimmt, aber lieb waren die Buben schon!"

„Lieb ist ein kleiner Aff' auch! Spätestens ab der Pubertät wachsen sie sich zu mittleren Katastrophen aus. Oder hast du vergessen, wie oft du aus disziplinären Gründen beim Direktor warst?"

„Mein Gott, die paar Fensterscheiben waren finanziell verkraftbar."

„Aber nicht das Burn-out, unter dem die Pädagogen deiner Kinder ständig litten", keifte das Selbstmitleid zurück. „Du hast sie einfach zu liberal erzogen, damit wird kein Lehrer fertig!"

„Das sehe ich anders, meine Liebe. Immerhin habe ich während ihrer Schulzeit sehr viel dazugelernt, vor allem Geduld und Ausdauer. Außerdem habe ich bei unseren stundenlangen Hausaufgaben mein Lateinvokabular wieder aufgefrischt und mich intensiv mit Extremwertbeispielen auseinandergesetzt."

„Wunderbar, das hilft uns beim Marmeladeeinkochen und beim Hausputz wirklich sehr!"

„Sei nicht so zynisch! Ich hab es gerne getan."

„Hausputz und stundenlanges Lernen? Lüg mich doch nicht an!", ätzte das Selbstmitleid.

„Stimmt. Ich hab beides gehasst, aber immerhin haben sie dank meiner Bemühungen eine profunde Allgemeinbildung und ihre Freunde gleich dazu. Ich kann die vielen Tausend Stunden gar nicht zusammenrechnen, in denen ich ihnen Rousseau, Hesse oder Rilke nähergebracht habe."

Ich trank einen Schluck Prosecco und atmete zufrieden durch die Nase. Ja, das waren aufregende Zeiten, als die Jugendlichen stundenlang bei mir in der Küche saßen und wir über Gott und die Welt diskutierten.

„Blödes Geschwafel! Das hat dir aber ein kleines Vermögen gekostet, diese sogenannte Allgemeinbildung. Mit dem Geld der Nachhilfestunden in Englisch und Mathematik hättest du dir vier Urlaube in der Karibik oder zumindest einen kleinen Mercedes finanzieren können. Ich sag dir was, die werden alle Top-Berufe ergreifen, ein Mördergeld verdienen und dich danach mit oder ohne Ehemann in ein Altersheim stecken. Dann sind sie alle fort und du sitzt mit mir einsam in der Küche und jammerst!"

„Ich jammere nicht, du jammerst!"

Mein Selbstmitleid fing wieder zu schluchzen an, es kannte offensichtlich nichts anderes. Die Hunde, die unter dem Tisch lagen, schleckten an den ausgestreckten Zehen. „Ihr zwei seid meine treuen Begleiter geblieben! Wenn ich euch nicht hätte." Dann trank es wieder einen beherzten Schluck aus meinem Glas.

So wie man einen Depressiven nicht vom eigenen Glück überzeugen kann, so ist auch ein Gespräch mit dem Selbstmitleid nicht produktiv und macht auf Dauer keinen Sinn. Jede noch so vernünftige Argumentation wird mit den Worten „Hätt i, war i, tät i" vom Tisch gefegt.

„Die Hätt-i-Tant gibt's nicht, meine Liebe!", fauchte ich es an und kippte den Prosecco wütend in die Abwasch. Ich ließ mir nicht von meinem zweiten Ich den Muttertag verderben.

Das Geräusch eines schlurfenden Menschen riss mich aus meinen Gedanken, die Hunde bellten und stoben in die Schlafzimmer.

„Einbrecher! Auch das noch! Und das am Muttertag!", maulte das Selbstmitleid.

„Jetzt halt endlich deine Klappe!", herrschte ich mein zweites Ich an und ging mit einem Messer in der Hand dem Geräusch auf den Grund. Vorsichtig öffnete ich das Schlafzimmer. Ein feucht-warmer Bierdunst schlug mir entgegen. Ich senkte beruhigt das Messer, keine Gefahr. Ich kannte diese Ausdünstungen von meinen Söhnen.

„Guten Morgen!", lachte ich die sechs noch „halb illuminierten" Freunde meiner Kinder an, die auf Decken und Matratzen am Boden die Nacht in meinem Haus verbracht hatten. Ein Schulschwänzer, ein Möchtegernphilosoph, ein Mädchenschwarm, einer, dessen sexuelle Ausrichtung mir noch unbekannt war, ein frisches Scheidungskind und ein Veganer. Gott, wie ich sie alle liebte!

Ich ging wieder zurück in die Küche und briet ihnen aus zwanzig Eiern, einem halben Kilo Speck und Tomaten ein ausgiebiges Frühstück, das sie wie hungrige Wölfe verschlangen. Fräulein Selbstmitleid saß aufgeregt am Tisch und unterhielt sich prächtig mit den Burschen, während ich das Geschirr und die Gläser der Partynacht wusch.

Flink wie Wiesel räumten die Burschen die Zimmer auf, beseitigten den Müll, warfen die leeren Flaschen in die Abfalltonne und putzten das gesamte Haus. Danach kamen sie wieder zu mir in die Küche, stellten sich in einer Reihe auf und überreichten mir einen Strauß Rosen, den sie aus Nachbars Garten gestohlen hatten. Ein Gedicht konnten sie mir in Anbetracht ihres Restalkoholspiegels zwar nicht aufsagen, aber jeder der Burschen umarmte mich wie eine Mutter.

Ich nahm ihre Gratulationen gerührt entgegen und versicherte ihnen meine tief empfundene Freundschaft, danach schmiss ich sie mit den Worten: „So, Burschen, und jetzt fahrt ihr nach Hause und feiert mit euren Müttern!" aus dem Haus.

Mein Selbstmitleid schmollte, klar, es konnte nicht anders: „Na geh, jetzt sind die auch weg!"

Ich ließ mein zweites Ich beleidigt sitzen, zog mir meine Laufschuhe an, fuhr zu dem Benefizevent „Wings for Life" und rannte drei Kilometer mit. Mehr schaffte ich an diesem Tag nicht. Meine Kinder jubelten mir zu. Als dann noch am Abend mein Mann mit einem „kapitalen Rehbock" stolz an der Türe stand, war mein Muttertag perfekt.

Ein Liebes-Bumerang kehrt eben immer wieder zum Werfer zurück. Aber in einer anderen Form, als man es denkt.

Einen schönen Muttertag!

Mein Großvater war nicht gebildet im herkömmlichen Sinn.
Er hatte nur eine achtjährige Volksschule besucht, denn die Kinder
mussten arbeiten und Bildung war ein Privileg. Aber er war im
Herzen gebildet, ein Philosoph und wahrer Philanthrop.
Eines Tages stellte er mir eine bedeutungsvolle Frage: „Du gehst doch
an die Universität, kannst du mir sagen, warum die Sterne nicht
vom Himmel fallen?" Ich kratzte den letzten Rest meiner gymnasia-
len Physikkenntnisse zusammen und erzählte ihm vom Urknall,
vom Auseinanderdriften des Weltalls und von Zentrifugalkräften.
Er starrte mich an und meinte, ich müsse noch viel im Leben lernen,
ich hätte nämlich gar nichts verstanden.
Im Grunde wollte er wissen, ob ich an Gott glaubte oder nicht.
Als er im Kreis unserer Familie starb, hielt ich seine Hand und fragte
ihn, warum er so glücklich sei. Er meinte müde lächelnd, dass er in
zehn Minuten wüsste, warum die Sterne nicht vom Himmel fielen.
Ich täte ihm leid, ich müsste mir immer noch Gedanken darüber
machen. Ihm widme ich diese Geschichte.

STÜRMISCHE ZEITEN

„Wirst sehen", meinte meine Großmutter stets, wenn sie sich völlig entnervt über den „illuminierten" Zustand ihres Ehemannes bei mir beklagte, „Opa wird nie und nimmer in den Himmel kommen!"

„Warum denn nicht?"

„Weil unser Herrgott Säufer und Raucher hasst!", antwortete sie schroff und bekreuzigte sich dabei mehrmals.

Als braves katholisches Kind wies ich ihre Behauptung sanft, aber bestimmt zurück: „Oma, Jesus liebte auch die Zöllner und die Dirnen!"

„Wo steht denn so ein Blödsinn geschrieben?"

„In der Bibel, Omi!"

„Das muss ich überlesen haben! Für Opa ist garantiert kein Platz im Paradies, so wie er sich benimmt!", gab sie kurz angebunden zurück.

Sie war wirklich zu bedauern, denn während sich die gute Frau um Haus und Hof kümmerte, kochte, putzte und sich um die finanziellen Agenden des Betriebes sorgte, lag der Großvater ausgestreckt auf dem Diwan und schlief seinen Rausch aus.

Der Herbst war ins Land gezogen. Der Morgennebel legte sich weich wie ein Schleier über die bunte Blätterlandschaft des Dunkelsteinerwaldes. Auf den gemähten Wiesen sprossen die ersten Herbstzeitlosen und die Reben der Weinstöcke prahlten in der Sonne mit ihren üppigen Trauben. Kurz bevor sich die Natur in den Winterschlaf begab, herrschte in den Winzerhäusern rege Betriebsamkeit.

In unserem kleinen Dörfchen wurde zu dieser schönen Jahreszeit fleißig Apfelsaft gepresst, Schnaps gebrannt und Wein gekeltert. Der süßliche Duft vergorener Trauben ließ den herannahenden Winter vergessen, denn schon ein paar Tage später würde die wunderbarste aller Metamorphosen geschehen, die Gott den Menschen je geschenkt hatte: Aus Traubensaft wurde edler Wein.

Dazwischen aber hatte der Teufel seine Hände im Spiel. Und dieses Spiel hieß Versuchung, der der männliche Teil der Bevölkerung im Allgemeinen und mein Großvater im Speziellen mit größtem Vergnügen jedes Jahr erlagen.

Die süßen Trauben verwandelten sich zu Sturm, einem bittersüßen, trüben Getränk, das dem Dürstenden bei mäßigem Konsum rote Bäckchen ins Gesicht zauberte, Maßlosigkeit jedoch insofern bestrafte, als man die nächsten Tage schmerzverzerrt auf der Toilette saß und jede einzelne Darmschlinge zählen konnte.

Eine herrliche Zeit, an die ich mich gerne erinnere, besonders wegen meines geliebten Großvaters.

Der Weinhauer und passionierte Trinker hatte als überzeugter Winzer nicht nur große Erfahrung, was den Wein betraf, sondern auch reichlich Erfahrung, wenn es um den Tod ging. Denn der Großvater starb in dieser „stürmischen" Zeit zwei bis drei Mal im Monat.

Das Haus meiner Großeltern verwandelte sich jedes Jahr zu einer dramatischen Bühne, quasi als Epilog zu den Salzburger Festspielen. Von Mitte September bis Ende Oktober wurde das Spiel „Vom Leiden und Sterben eines reichen Mannes" aufgeführt, mit allem, was dazugehörte, also mit Pfarrer, Ministranten und Klageweibern aus dem Dorf.

Für Großvater bedeutete die Weinernte eine körperlich anstrengende Zeit, denn während die Familie mit Freunden tagelang im Weingarten schuftete, gab sich der Bonvivant zu Hause obsessiven Sturmgelagen hin, um hernach wie das Amen im Gebet in einen komatösen Zustand zu fallen.

Immer wieder gab er den teuflischen Versuchungen nach, ging entweder alleine oder mit Gästen in den Keller und kostete vom Sturm seines Frühroten Veltliners, vom Riesling, Neuburger oder Muskat Ottonel. Stolz ließ er die geschmackvollen Tröpfchen in seinen Gaumen rinnen, um danach wollüstig schmatzend zu betonen, „heuer wieder den besten aller Weine im Dorf" zu besitzen.

Und weil Opa eben ein reicher Mann mit vielen prall gefüllten Fässern war, musste er davon auch ausgiebig trinken, was seine angeschlagene Leber ärgerlich zur Kenntnis nahm.

Nach derlei intensiven Kostproben musste sich der arme Mann tagelang ins Bett legen, klagte, jammerte und sinnierte über den Tod, bald sei es mit ihm zu Ende.

Wie gewöhnlich erschien dann in unserem Hause der

Herr Pfarrer mit Ministranten und gab ihm im wahrsten Sinne des Wortes „die letzte Ölung".

Nach ein paar Tagen hatte sich der Gute aber wieder einigermaßen erholt, stand auf und fing von Neuem zu kosten an, was meine betagte und stets fleißige Großmutter in Rage brachte. Sie hatte ihm schon vor Jahren über den Ausgang der Kellertüre den sinnigen Spruch „Geh mit Gott, aber geh!" malen lassen, was der Unverbesserliche mit einem Glas Sturm in der Hand als übertriebenes Frauengeschwätz anfänglich lachend, nach ein paar weiteren Gläsern lallend als Scherz abtat.

Vor Jahren war es dann leider wirklich so weit. Großvater schien den Kampf gegen seine Leber verloren zu haben. Der Bedauernswerte lag blau wie ein Veilchen in seinen Kissen, furzte, jammerte und weinte, er würde bereits ein helles Licht am Ende eines dunklen Tunnels sehen. Eine letzte Bitte solle ich ihm als brave Enkeltochter vor seinem Ableben noch erfüllen, ich möge so nett sein und ihm den Weg ins himmlische Paradies erleichtern.

„Wie denn, liebster Großvater? Soll ich dir ein Glas Wein bringen?"

„Nein", keuchte er schwer atmend, „bring mit eine Tasse Tee!"

„Tee?"

Es musste wirklich zu Ende mit ihm gehen. Beim Verlassen des Zimmers hielt er mich an der Hand und meinte bittend: „Ja, Tee, aber bitte mit einem doppelten Marillenbrand!"

„Kommt doch gar nicht infrage!", rief meine Großmutter zornig, sie stand in der Küche und buk bereits die Germteigkrapfen für die in Kürze erscheinenden Trauergäste. Der Pfarrer, Ministranten, Frauen aus dem Dorf und seine „alten Kellerspetzis" hatten sich angesagt, um Großvater bei seinem letzten Gang würdevoll zu begleiten.

„Omi, du bist herzlos, einem alten Mann seinen letzten Wunsch nicht zu erfüllen!", maulte ich sie an und bereitete den Tee zu, während sie unbekümmert und emotionslos an ihren Bäckereien weiterarbeitete.

„Wirst sehen, Opa stirbt nicht zum ersten und nicht zum letzten Mal!", meinte sie und frittierte die letzten Krapfen im heißen Fett.

Der Pfarrer kam, gab ihm seine letzte Wegzehrung, die Ministranten schauten betreten und die Klageweiber fingen mit ihrem Geheul an.

Nach einer Stunde war der Zauber vorbei und die Trauergäste fanden sich in der Bauernstube ein, um sich bei Gebackenem und Wein zu laben. Nur Opas Kellerkumpanen waren im Totenzimmer geblieben.

Ich war entsetzt über Omis Kaltherzigkeit und schlich mich von der illustren Schar weg in das Zimmer meines Großvaters.

Geschockt musste ich mich beim Betreten des Zimmers am Türrahmen festhalten. Das Bett war leer!

Wie ein Blitz durchzuckte es mich, Opa war tatsächlich auferstanden! Jesus brauchte dafür immerhin drei Tage!

Also liebte Gott die Raucher und Trinker doch, da hatte ich noch Chancen!

Die Großmutter erlitt einen Schwächeanfall, der Pfarrer informierte die Diözese über das plötzliche Wunder, während sich die Kinder und die Klageweiber an den letzten Krapfen zu schaffen machten.

Natürlich hatte Gott der Allmächtige meinen Großvater nicht auferstehen lassen. Es war der Tee mit dem doppelten Marillenschnaps gewesen. Nach der „spirituellen" Stärkung war der Unverbesserliche schnurstracks mit seinen Freunden in den Keller gegangen, um neuerlich vom wunderbaren Nass seiner Fässer zu kosten.

Innerlich musste ich lachen, Omi hatte Gott sei Dank recht behalten: „Opa stirbt nicht zum ersten und nicht zum letzten Mal!"

Mein Großvater ging als medizinisches Wunder in die Dorfannalen ein. Er hatte dieses Spiel noch Jahre weitergespielt und verstarb friedlich vierundneunzigjährig (!) an – Altersschwäche.

Prost, Opa, ich hoffe, ich habe deine Gene geerbt!

Überraschungen sind dann besonders schön,
wenn man sie nicht erwartet. In einem kinderreichen Haushalt wie
dem meinem geschehen sie jeden Tag,
ob gewollt oder nicht, diese „herrlichen"

MUTTERTAGSWUNDER

Als ich vor Jahren völlig erschöpft und ratlos einer befreundeten Pädagogin vom „eigenen Mutterglück" erzählte, nahm sie mich tröstend in die Arme und meinte nüchtern: „Schatzilein, ich kenne deine Gefühle, aber so sind nun einmal Kinder. Es fängt in der Trotzphase mit drei Jahren an und hört nie wieder auf! Gewöhn dich einfach daran."

Ich habe es versucht. Wirklich.

Gleichmütig und immer daran denkend, dass Stoffwechseländerungen, Hormonumstellungen, Wachstums- und Aggressionsschübe der Kinder irgendwann an mir ohne größere psychische Schäden vorüberziehen würden, hoffte ich auf die erlösende Zeit nach der Pubertät.

Ich irrte mich gewaltig! Meine Freundin hatte recht: Es fängt mit der Trotzphase an und hört nie wieder auf!

Es war Dienstag, mein Putztag. Dieser Tag war berühmt-berüchtigt, aber nicht etwa, weil ich mich vor dem Putzen fürchtete, nein, es war vielmehr die Angst vor dem herrschsüchtigen General, der um 7.00 Uhr in der Früh mit Kübeln und Wischfetzen schmachtend vor meiner Haustüre stand, meine Mutter.

Die Kinder und mein geliebter Mann hatten fluchtartig das Haus verlassen und überließen mich einer jung gebliebenen Achtzigjährigen, die mit ihren hohen Erwartungen an einen perfekten Haushalt jeden noch so gleichmütigen Menschen, wie ich einer bin, in den Irrsinn trieb.

Und weil am nächsten Wochenende der Muttertag vor der Türe stand, sollte das Haus besonders blitzen und funkeln, denn gerade an diesem Tag, so ihre Überzeugung, würden sich nicht nur Freunde und Verwandte in meinem Haus ein Stelldichein geben, nein, ich sollte an diesem Tag zeigen, wofür „gute" Hausfrauen stünden. Für Ordnung und Sauberkeit! Mein chaotischer und verwahrloster Haushalt ginge ihr schrecklich auf die Nerven, Hilfe war also dringend erforderlich.

Mir drehte sich der Magen um.

Was folgte, war ein Tsunami, der durch mein Haus fegte. Sie putzte die Fenster im Wohnzimmer, während ich ihr gehorsam die Kübel mit Wasser nachtrug. Sie zog die Vorhänge von den Stangen, die ich auch sofort unter ihrer Anleitung waschen musste, und unterwies mich wütend im richtigen Einlassen der Böden, die ihrer Meinung nach geradezu nach „Glänzer" schrien.

Meinen Einwand, wie sinnlos diese Aktion wäre, weil am Wochenende die liebe Verwandtschaft das Haus sowieso verwüsten würde, hörte sie nicht. Während ich wie Aschenputtel am Boden kniete und das Parkett schrubbte, war die Putzwütige bereits im Vorzimmer und überschlug sich in Hasstiraden über meine Hunde, zwei Labradore, die ruhig und friedlich in ihren Körben lagen.

„Du und deine verdammten Viecher! Bei allem Verständnis für deine Vierbeiner, aber zwei Hunde, zwei Katzen und draußen im Stall Dutzende Hühner und Enten sind echt zu viel für mich! Schmutz und Dreck, wohin man auch sieht!"

„Aber die Kinder lieben eben Tiere!", antwortete ich am Boden rutschend.

„Die musst du loswerden, aber schnell! Nicht die Kinder, ich meine diese Viecher! Da, sieh nur selbst, deine Katzen liegen gemütlich mit ihren schmutzigen Pfoten im Ehebett!"

Bei diesen Worten fauchte sie Werner, mein großer roter Kater, verächtlich an, worauf sie ihm rachsüchtig den brummenden Staubsauger vor die Nase hielt. Die Katzen mauzten, die Hunde bellten.

Um das Schlimmste zu verhindern, fuhr ich hoch, um die Kampfhähne zu trennen, als mein Handy läutete.

Mein Sohn war am Apparat. Mit zittriger Stimme fragte er, ob Omi schon in seinem Zimmer geputzt hätte.

„Nein! Hat sie noch nicht!" Ich ahnte Böses.

„Sie darf nicht in mein Zimmer, Mama! Sonst gibt es Ärger!", kam es wieder von der anderen Seite der Leitung geschossen.

Ich wüsste es, antwortete ich ihm verständnisvoll, als pubertätserfahrene Mutter war ich bisher auf alles gefasst gewesen. „Keine Sorge, mein Schatz, die leeren Bierflaschen von dir und deinen Freuden habe ich bereits entsorgt, auch die Computerspiele und die Aschenbecher. Omi kann ganz normal wie immer bei dir putzen!"

„Nein, kann sie nicht!"

„Warum denn nicht?", mir wurde mulmig.

„Mama, neben meinem Bett steht ein altes Fischaquarium."

„Und? Was soll damit sein?"

„Ich habe dort eine kleine Muttertagsüberraschung drin."

„Nur für mich? Ach, das ist aber lieb von dir!" Ich war gerührt, immerhin hatte er Jahre auf meinen Muttertag vergessen.

„Na ja, Mama, nicht ganz. Eigentlich ist es ein Geschenk für die ganze Familie."

„Das brauchst du doch nicht vor Omi zu verstecken!"

Ein Geschenk für die ganze Familie? So etwas hatte ich

meinem Sohn gar nicht zugetraut. Trotzdem war ich stolz auf ihn, die soziale Ader hatte er von mir geerbt.

„Du weißt doch, ich bin Pfadfinder!", fing er wieder an.

„Und?"

„Jeden Tag, eine gute Tat!"

„Richtig, aber was hat das mit dem Fischaquarium zu tun?"

„Ich habe eine gute Tat vollbracht! Ich habe zwei Leben gerettet!"

„Aha?!"

„Eigentlich wollte ich in ein Zoofachgeschäft gehen und mir Mehlwürmer und Heuschrecken kaufen, um die einmal zu kosten."

„Ich weiß."

Wieder eine seiner verrückten Ideen, mein Sohn ist Vegetarier und wollte sich die fehlenden Proteine über gebratene Würmer und Heuschrecken zuführen. Unappetitlich, aber was akzeptiert man nicht alles, wenn das eigene Kind in der Pubertät steckt.

„In dem Geschäft sah ich in einer Box lebendes Tierfutter! Schrecklich! Weißt du, die hatten dort auch Schlangen!"

„Waaaaaaaaasssssssssss? Du hast hoffentlich keine Schlangen in dem Aqua…?"

Ich musste mich kurz setzen und schnappte nach Luft. Doch bevor ich meinem offensichtlich schwachsinnigen Sohn nähere Details aus der Nase ziehen konnte, hörte ich aus seinem Zimmer ein Poltern, gefolgt von einem markdurchdringenden Schrei. Omi war bereits über das scheinbar leere Fischaquarium gestolpert, aus dem zwei niedliche weiße Mäuse krabbelten.

„Nein, Mama, es sind …!"

Die Großmutter lag am Boden und brüllte: „Igitt!!! Weiße Mäuse!!!"

„Mäuse? Sag, hast du einen Vogel?", brüllte ich ins Telefon, während Omi, der General, an einem Herzinfarkt vorbeischrammte.

„Ja, Mäuse!", meinte mein Sohn beleidigt. „Aber es sind nicht irgendwelche Mäuse, es sind echte Muttertagsmäuse! Ich habe sie Stermann und Grissemann getauft, weil sie so frech sind. Du hast mich doch selbst dazu …", weiter konnte er nicht sprechen, ich hatte das Telefon hingeworfen und fing mit den ersten Notfallmaßnahmen bei meiner Mutter an. Stabile Seitenlage und Mund-zu-Mund-Beatmung. Meine Mutter stieß mich wütend von ihrer Brust: „Pfui Teufel, das fehlte mir gerade noch!"

Aufgrund des Gebrülls waren die kleinen Nager ängstlich unter das Bett gekrochen. Ich beruhigte den General und fragte ganz unschuldig in ihr erschrockenes Gesicht, ob sie ihre Medikamente gegen ihre Demenz auch richtig genommen hätte. „Mama, also wirklich, du siehst schon weiße Mäuse?!"

Beleidigt verließ sie Hals über Kopf das Haus, nie mehr würde sie mir in häuslichen Dingen behilflich sein.

Das Muttertagsgeschenk meines Sohnes hat mich seither vor Großmutters Putzwahn gerettet und ja, mein Gott, neben meinen Kindern, Hunden, Katzen und sonstigem Getier stören mich zwei schrullige Satiriker mehr im Hause auch nicht weiter. Hauptsache, wir haben etwas zu lachen.

Und wie! Denn genau am Muttertag kam mein Sohn aufgeregt zu mir in die Küche gerannt.

„Mama, ein Muttertagswunder!"

„Was für ein Wunder?"

„Na, Stermann und Grissemann!"

Idiotische Mäuse, dachte ich. „Und was soll mit denen sein?"

Daraufhin mein Sohn frohlockend: „Mama, ich glaube, Grissemann ist schwanger!"

Und wirklich der kleine Kerl lag ermattet und dick aufgeblasen in seinem Heu und atmete schwer.

Grissemann hat von Stermann tatsächlich zehn Junge bekommen. Sie bevölkern mein Haus, das mittlerweile zur Arche Noah verkommen ist. Dafür bin ich Omis Putzorgien los.

Jetzt muss ich mich nur mehr an die Schnecken- und Insektenzucht unten im Keller gewöhnen.

Wie sagte meine Freundin?

Es fängt mit der Trotzphase an und hört nie wieder auf.

Es gibt erwünschte Gäste und Gäste, die weniger beliebt sind.
Bei mir findet jeder seinen Platz. Die sogenannten „normalen"
Menschen und die Zwangsneurotiker. Der Unterschied ist oft flie-
ßend, aber alle gehen nach einem opulenten Mahl satt von dannen
und reden die nächsten Wochen über nichts anderes als …

VON NOCKERLN UND NEUROSEN

„Weißt du schon, was du heute Abend kochen wirst?", fragte mich mein Mann.

„Warum?", war die prompte Gegenfrage. Ich lag in Leggings am Sofa und schaute genussvoll und in höchstem Maße amüsiert in den Fernseher.

Koch mit Oliver! war eine der Sendungen, die meinem Selbstbewusstsein schmeichelten. Noch bevor der Starkoch die berühmte Zuseherfrage stellen konnte, was denn für eine Klitzekleinigkeit in der selbst fabrizierten Blutwurst fehlte, rief ich wie aus der Pistole geschossen: „Piment! Ach, das war ja wieder so etwas von einfach!"

Dass mein Idol *Oliver* das blutige Halloweengericht mit gedünstetem Rotkraut auf geröstetem Granatapfelmouse servierte, überraschte mich dann doch. Trotzdem war ich als erfahrene Köchin nicht so leicht zu schlagen, ich bin sozusagen die *Katharina Prato* unter den Hausfrauen.

„Chapeau, lieber Oliver! Das ist ja raffiniert! Du bist ein Zauberer!", jubelte ich in Richtung Flachbildschirm. Meinen Mann, der aufgeregt mit einer Liste in der Hand am Türstock lehnte, hatte ich bereits vergessen.

„Ja, der muss ich heute wahrscheinlich auch sein, denn in drei Stunden kommen die Bürokollegen zum Abendessen und der Kühlschrank ist gähnend leer!", jammerte er.

Gelangweilt erhob ich mich und schlenderte in die Küche. Mich konnte nichts aus der Ruhe bringen, weder meine Kinder noch die Großfamilie, am wenigsten irgendwelche Kollegen meines Mannes.

Das Geheimnis einer guten Küche liegt in der Kreativität und in der guten Vorbereitung, darin bin ich eine Meisterin.

Ich hatte bereits ein wunderbares Menü zusammengestellt, das jeden Gaumen in lustvolle Schwingungen versetzen würde. Freudestrahlend stellte ich meinem mittlerweile ziemlich nervösen Mann das Menü vor.

Der Abend war für seine berufliche Karriere extrem wichtig, immerhin wollte man in entspannter Atmosphäre die internationalen Kontakte des Konzerns diskutieren und dachte dabei auch an einen wichtigen Job für meinen Mann. Erwartungsvoll nahm Odysseus am Küchentisch Platz.

„Als kleine Appetithäppchen habe ich mir eine Entenleberterrine auf getoasteten Schwarzbrotscheiben mit selbst gemachtem Quittengelee vorgestellt, dazu gibt es ein gutes Gläschen Champagner. Die Brötchen sind bereits fertig und auf der kühlen Kellerstiege versteckt, damit die Katzen sie nicht fressen."

Mein Mann liebt Leberterrine, egal ob Huhn, Ente oder Reh. Er ist der lebende Beweis für die Pawlowsche Konditionierung, es genügt dieses eine Wort *Leber* und schon rinnt ihm der Geifer von den Lippen.

Das wusste ich und setzte noch eins drauf.

„Als Vorspeise serviere ich Beef Tatar vom schottischen Hochlandrind und danach eine steirische Kürbiscremesuppe mit Knoblauchcroutons. Die krönende Hauptspeise ist ein gespickter Rücken vom Biolamm. Halil wird ihn mir in einer Stunde fertig zubereitet bringen."

Mein türkischer Freund Halil kochte wie ein König und das Ganze auch *halal* geschlachtet. Man konnte ja nicht wissen, welche Konfessionen am Tisch sitzen würden. Und egal, ob Juden oder Muslime, „geschächtet" schmeckte immer gut und vor den Katholiken in der Runde hatte ich keine Angst, die aßen sowieso alles.

Odysseus saß mit geschlossenen Augen auf seinem Sessel und atmete schwer vor Erregung, „Weiter, weiter, gib's mir!"

„Dazu serviere ich ein Erdäpfel-Trüffel-Püree mit frischen Schalotten in Salbeibutter geröstet."

„Herrlich!", stöhnte er.

„Warte, es wird noch besser!"

Mein Geliebter war bereits vom Stuhl gerutscht und wiegte seinen Körper vor Verzückung.

„Für das Dessert habe ich etwas ganz Besonderes vorbereitet."

Er öffnete kurz seine Augen und fragte mit einem sinnlichen Unterton in seiner Stimme: „Was denn, du Luder?"

Ich führte ihn zum kulinarischen Höhepunkt.

„In Blätterteig gebackene Maschanska-Äpfel mit Marzipan und Schlagobers, dazu Vanilleeis mit einem Hauch von Mandel-Mohn-Schokoladecreme."

Jetzt konnte er nicht mehr. Erschöpft setzte er sich wieder auf seinen Sessel und stöhnte mir zu, ich sei unglaublich sexy.

Womit sich eindeutig der Spruch bestätigt, dass gutes Essen der Sex der alten Leute ist.

Ich legte noch ein Schäuflein drauf. „Und zu Mitternacht gibt's dann gekochte Eier vom Steirischen Steinhuhn mit russischem Kaviar! Die sollen eine stark aphrodisierende Wirkung haben, unsere Gäste werden es lieben!"

Triumphierend strahlte ich meinen Mann an, der Job war ihm nach diesem Abendessen sicher. Odysseus nahm sich einen kühlen Topflappen und legte ihn auf sein errötetes Gesicht. „Gott, war das schön jetzt! Aber es ist trotzdem unmöglich! Du kannst dieses Menü unseren Gästen nicht servieren, sonst bin ich meinen Job los!"

Ärger und Unsicherheit schlichen wie Schlangen an meinen Beinen empor. „Und warum nicht, um Gottes willen?"

Schweigend schob mir Odysseus die Einladungsliste unter die Augen.

Ich brabbelte langsam die Namen der eingeladenen Gäste herunter, zehn Stück an der Zahl. Dr. Berger mit Gattin, Vorstandsvorsitzender, die Weinsteins zu zweit, beide im Aufsichtsrat der Firma, Univ.-Prof. Dr. Wunderlich, ein anerkannter Internist und im Beirat einer Ethikkommission, Pater Anselm aus dem nahe gelegenen Benediktinerstift, Frau Renate Skopal, Sekretärin von Herrn Berger, Mag. Trott, Leiter der Finanzabteilung, Dr. Roland, der Rechtsanwalt der Firma und last but not least Traudl, meine beste Freundin, die mir an diesem Abend mit Rat und Tat zur Seite stehen sollte.

Die Singledame wollte ich eigentlich mit Dr. Roland verkuppeln. Neben meinen Kochkünsten gehört Kuppelei zu meinen Spezialitäten.

„Das fragst du noch?", Odysseus schaute mich verständnislos an. „Weil das bei diesen Leuten einfach nicht geht!"

„So ein Blödsinn!", ärgerte ich mich. „Das sind doch alle honorige und seriöse Menschen!"

„Du kennst sie nicht!", zitterte mein Mann. „In der Firma sind sie Topmanager, aber privat alle schwer neurotisch!"

„Mach dir keine Sorgen!", beruhigte ich ihn. „Von meinem Tisch sind die Leute immer noch satt und glücklich aufgestanden, sogar Neurotiker!"

„Die sind anders, glaube mir!"

Wie meinte die berühmte Tante Jolesch? „E Gast is e Tier!", womit sie sicher recht hatte.

Ich kenne sie alle. Die latent Zuspätkommenden, die, die permanent ohne Gastgeschenk erscheinen, die, die wirklich Hunger haben, und die, denen jede Tischkultur fremd ist.

Zu einer gelungenen Einladung gehört neben einem guten Essen auch immer ein großes Verständnis für die individuellen Befindlichkeiten der Geladenen. Sitzt jemand am Tisch, der gerade geschieden wurde, wird selbstverständlich nicht über ein erfülltes Liebesleben gesprochen. Auch sollten die Gastgeber stets über verschiedene Nahrungsunverträglichkeiten und Allergien Bescheid wissen, um unangenehme Haut- und Gesichtsrötungen oder Flatulenzen bei den Gästen vorzubeugen.

Ich war auf alle Eventualitäten vorbereitet.

Odysseus öffnete eine Flasche Rotwein und setzte sich frustriert an den Küchentisch.

„Ich muss dich über ein paar wichtige Dinge aufklären. Die Skopal darf keinen Schluck Wein trinken!"

„Die arme Frau, hat sie etwa eine Histaminintoleranz?"

„Nein, ganz im Gegenteil. Die Skopal hat früher wie ein junger Hund gesoffen und schlitterte vom Klimakterium in höchst unangenehme Gemütsschwankungen, die wir im Büro nur schwer ausgehalten haben. Seitdem sie Antidepressiva nimmt, ist sie erträglicher, aber auch unberechenbarer geworden. Die geringste Menge Alkohol macht sie völlig enthemmt, und das könnte peinlich werden."

„Macht doch nichts, dann ist wenigstens die Runde etwas entspannter."

„Eben nicht, die Skopal verplappert sich womöglich und dann kommt heraus, dass sie vor zehn Jahren ein Verhältnis mit Dr. Berger hatte."

„Also gibt's diese saudummen Klischees doch, Chef bumst Sekretärin, finde ich amüsant. Und? Ist doch schon vorbei, oder?"

„Das Verhältnis schon, aber das saudumme Klischee, wie du es bezeichnest, ist nun neun Jahre alt und heißt Julian. Von dem kleinen Geheimnis wissen nur der Finanzchef und ich etwas. Immerhin müssen ja die Aufwendungen buchhalterisch verarbeitet werden."

„Du meinst versteckt werden."

„Nenn es, wie du willst. Also kein Alkohol, zumindest nicht für die Skopal!"

„Sehr witzig, wie soll es dann lustig werden am Tisch, wenn ich ständig auf einen meiner Gäste aufpassen muss?"

„Ganz einfach, wir setzen Dr. Roland neben sie. Er trinkt keinen Schluck. Der Advokat ist ein Gesundheitsfanatiker, hasst Raucher und Menschen mit Übergewicht. Seit einiger Zeit ist er Leistungssportler und fährt jeden Sonntag mit dem Fahrrad von Wien nach Gmünd und wieder retour. Er wird wahrscheinlich gar nichts essen, er ist überzeugter Veganer!"

„Sag hast du einen Vogel?"

„Warum?"

„Alles kannst du mir an den Tisch setzen, strenggläubige Katholiken, militante Feministinnen, Sadomasochisten oder Dauerdepressive, nur bitte keinen Veganer. Die essen nichts, reden aber ständig davon und das nervt. Da vergeht einem ja der Appetit! Meine schöne Entenleberterrine und mein Lamm! Ich könnte heulen!"

„Apropos Lamm. Auch die Weinsteins leben fleischlos."

„Was? Die auch? Sag, ist das jetzt in Österreich ein Volkssport geworden, dieses fleischlose Essen?"

„Nein, die Weinsteins machen es aus religiöser Überzeugung. Seit einigen Jahren interessieren sie sich für einen Waldviertler Wunderheiler und sind überzeugte Tierschützer."

Ich trank einen großen Schluck aus seinem Weinglas. Ex-Alkoholikerinnen, Veganer und Esoteriker an meinem Tisch? Lauter Verrückte!

Diese Gäste waren allesamt schlimmer als meine Familie. Ab heute würde ich nie wieder schockiert sein, wenn ich zwischen meinen Tomatenpflänzchen im Garten den Hanf meiner Söhne entdeckte.

Odysseus fuhr fort: „Sie sind diesem Wunderheiler mit Haut und Haaren verfallen. Der ist bei Weinsteins seit Neuestem angestellt und pflegt ihren Hund, ein krebskrankes Malteserweibchen. Sie sind überzeugt, dass der Hund ihre negativen Energien und sogar ihre Krebserkrankungen übernimmt, sozusagen als Liebesbeweis. Seitdem fühlen sie sich glücklich und pumperlgesund. Nur der Hund hüpft auf drei Beinen herum, besitzt keine Ohren und hat gänzlich sein Fell verloren. Sie werden ihn heute in einer Tasche mitnehmen!"

Pfui Teufel, meinte ich erbost, die genetisch auffällige Kröte würde ich meinen beiden Jagdhunden als Amuse-Gueule servieren, die würden den armen Krüppel erlösen.

Mir reichten Odysseus' Aufklärungen und ich schaute nervös auf die Uhr.

Eigentlich hätte mein Sohn Constantin längst mit den Einkäufen zurück sein müssen, die er in einem nahe gelegenen Delikatessengeschäft abarbeiten sollte. Während ich verzweifelt versuchte, ihn am Handy zu erreichen, hatte ich den Tisch gedeckt, die silbernen Kerzenhalter geputzt und eine ansprechende Tischdekoration gebastelt. Efeublätter mit Rosenknospen. Meine Freundin Traudl war immer noch nicht erschienen.

Mein Mann redete aufgeregt weiter: „Pater Anselm darf auch nicht neben Dr. Wunderlich sitzen. Am besten wir schieben Traudl dazwischen, die beiden Herren kommen sich regelmäßig in die Haare. Beide sitzen im Ethikbeirat der Firma. Der eine überzeugter Wissenschaftler, der andere Mitglied bei der strenggläubigen Piusbruderschaft, glaube mir, da gibt es Bröseln. Am besten wir lassen Pater Anselm selbst entscheiden. Er ist neben seinem Beruf als Priester Kinesiologe und vertraut mit der benediktinischen Zahlenmystik. Er hat dieses Wissen um eine neue Methode erweitert, das Pendeln. Alles wird ausgependelt, Autos, Betten, Speisen, Firmenbilanzen und neue Projekte, ja, sogar Ehemänner! Die Frau von Dr. Berger ist deswegen sogar wieder in die Kirche eingetreten. Die Leute rennen ihm die Praxis förmlich ein."

Meine Haare fingen sich bereits vor Wut zu kräuseln an. „Und dass die Erde eine Scheibe ist, glauben diese Irren wahrscheinlich auch! Ich sag dir was, du kündigst gleich morgen in der Früh! Ich habe Angst um dich, die sind nicht nur neurotisch, die sind wahnsinnig!"

„Apropos wahnsinnig. Wir sollten übrigens jetzt gleich über die Dinge reden, die am Tisch tunlichst nicht angesprochen werden sollten."

„Und die wären?", fragte ich böse nach, was sollte bei dieser Halloween-Party noch passieren?

„Wir reden nicht über Politik oder Religion und bitte nicht über Asylfragen, denn die Skopal ist deklarierte Gegnerin jeglicher Migration, …"

Ich wurde zornig. „Hast du die Dame einmal gefragt, woher ihr typisch österreichischer Name *Skopal* kommt?"

Odysseus hatte meinen Einwurf überhört. „Dann bitte keine Schilderungen über unsere Kinder, weil die Weinsteins keine kriegen konnten, und nichts …", er nahm einen großen Schluck zur mentalen Stärkung „… und nichts über dein Lieblingsthema Gender und Frauenrechte in Großkonzernen!"

Ich ließ die Kerzen vor Schreck fallen, atmete tief durch und wollte gerade mit einer Brandrede über die Gleichbehandlung von Frauen loslegen, als das Handy läutete.

Es war Constantin. Gott sei Dank, endlich ein normales Wesen.

Er hatte wie üblich eine gute und eine schlechte Nachricht für mich.

Bei dieser Frage höre ich mir gewöhnlich immer zuerst die schlechte an und danach die gute, aber in Anbetracht des eben Gehörten verzichtete ich auf die Reihenfolge und bat ihn inständig, doch bitte mit etwas Positivem zu beginnen.

Er hätte alle Utensilien für das Menü zusammen, meinte er glücklich, und sogar die Bioerdäpfel für das Püree besorgt. Aus seiner Sicht hätte er meinen Wünschen entsprochen, einem erfolgreichen Abend sollte also kulinarisch gesehen nichts entgegenstehen.

„Wunderbar und wo ist jetzt der Haken?", fragte ich ängstlich, schließlich würden in zwei Stunden die Gäste kommen.

„Das ist ja das Problem, an dem hänge ich gerade!", meinte er in seiner jugendlichen Gelassenheit, die mich auf die Palme brachte.

„An welchem Haken?"

„An dem von einem ÖAMTC-Wagen. Ist nicht weiter schlimm, hat der Mann vom Abschleppdienst gesagt. Solche Auffahrunfälle können jedem passieren. Die schleppen mich gerade ab. Jetzt tropft es aus dem Kofferraum. Aber sei froh, Mama, es tropft nicht ölig schwarz, sondern weiß, wahrscheinlich ist das Schlagobers hin."

Zitternd legte ich auf, Schweißperlen rannen mir von der Stirne. „Verdammte Scheiße, was machen wir jetzt?"

Mein Mann hatte vorsichtshalber das Wohnzimmer verlassen.

Wie sollte ich meine Gäste verzaubern mit einem Menü, dem die Zutaten fehlten und das sowieso nur partiell Anklang fand, zu dem kein Wein kredenzt und bei dem nur hinter vorgehaltener Hand geredet werden durfte? Der Abend war gelaufen.

Verzweifelt rannte ich zum Kühlschrank. Gähnende Leere strahlte mich an. Zwei Liter Milch, ein paar Eier und drei ranzige Packungen Topfen, die ich im Notfall für die fiebernden Füße meiner Kinder aufbewahrt hatte. Ach ja, und eine große Schüssel mit altem Kartoffelsalat, den ich am nächsten Tag eigentlich meinen Hühnern draußen im Stall verfüttern wollte.

Ich setzte mich völlig erschöpft an den Tisch und fing zu heulen an, bis mich mein geliebter Ehemann aus der Verzweiflung riss.

Odysseus stand mit einem zerschlissenen Dirndl und der Hirschlederhose seines Großvaters in der Türe. Die alten Fetzen hatten wir zum Kostümieren in einer alten Kiste am Dachboden gelagert. Als *Almdudler*-Trachtenpärchen hatten wir damit vergangenes Jahr beim Faschingsgschnas im Dorf den letzten Platz, den Trostpreis „ergattert".

„Tatarrrrata! Ich habe die Lösung!", jubelte er.

Ich betrachtete ihn und stammelte: „Sag, bist du jetzt auch schon irrsinnig geworden oder hast du zu viel Rotwein getrunken?"

Ganz und gar nicht. Als alter Pfadfinder habe er für alles eine Lösung, meinte er lachend, und die hieße: Tiroler Abend!

„Schau, Schatzilein, wir machen heute etwas ganz Besonderes. Alle lieben Themenabende beim Essen. Die einen gehen in einen Zirkus oder speisen bei *Dinner and Crime*, die anderen präferieren ein Fresskabarett, andere wieder essen italienisch, äthiopisch oder russisch in entsprechender Atmosphäre. Und weil es heute um meine berufliche Karriere gehen soll, machen wir eben einen typisch österreichischen Abend."

Ich ließ das Besteck fallen, mein Mann war tatsächlich übergeschnappt.

„Bitte, kein Mensch trägt in Österreich noch solche Kleidung!", gab ich verwundert zu bedenken.

„Doch!", strahlte er mich an.

„Und wo, bitte?"

„Keine Ahnung! Es gibt sicher irgendwo einen vergessenen Ort in Österreich. Denk doch an den Film *Das finstere Tal* mit Tobias Moretti. So etwas haben unsere Gäste sicher noch nie erlebt! Die werden begeistert sein, vertraue mir! Schau, ich will den Job, wir haben nichts zu essen und lauter Irrsinnige am Tisch, wie im Film. Außerdem zeige ich ihnen meinen alten Tiroler Stutzen, dann verstummen die ohnehin. Unser Outfit wird sie überzeugen! Wir beide werden das schon irgendwie schaffen! Wir haben als Ehepaar schon Schlimmeres überstanden, oder nicht?"

Er schlüpfte in die Lederhose, zog sich einen grünen Wams über und verschwand mit einem Jodler, um seinen Tiroler Stutzen zu suchen.

Er hatte recht, wir waren als Eltern vier halbwüchsiger Söhne krisenresistent. Trotzdem dachte ich, ein Psychotherapeut hätte dieses Verhalten eindeutig als neurotische Entgleisung bezeichnet.

Um den Abend zu retten, zwängte ich mich in das alte, zerschlissene Dirndl, fixierte meine Haare in einem groben Wolltuch und strich mir statt meines üblichen Make-ups ein wenig Asche aus dem Ofen ins Gesicht. Ich sah nicht nur wie eine Defregger Bauernmagd aus dem 19. Jahrhundert aus, ich fühlte mich sogar wie eine. Rasch hatte ich den Tisch von Efeu und Rosen gesäubert und den Tisch mit Kerzen und getrockneten Kräuterbüschchen geschmückt. Armselig, aber würdevoll stand der Tisch vor mir. Eben echt defreggerisch, wunderbar!

Danach schlürfte ich mit meinen Holzpantoffeln in die Küche und zauberte – *Oliver* hätte Augen gemacht! – aus den zwei Litern Milch, Eiern und Mehl saftige Nockerln, die ich anschließend mit zerlassener Butter und dem ranzigen Topfen verrührte. Wie von Zauberhand entstand daraus eine dickbröckelige weiße Masse, die ich mit viel Salz, Pfeffer und Kräutern abschmeckte.

Doch eine Kleinigkeit fehlte, eine Essenz, ein Gewürz, ein Geschmack, irgendetwas, das den fauligen Topfen übertönte. Ich lief ins Zimmer meines Sohnes und suchte in seinen Schreibtischladen nach alten Mitbringseln, Gewürzen, die er von seinem letzten Tunesien-Trip mitgebracht hatte. Tatsächlich fand ich ein kleines Säckchen mit einer bräunlichen Mischung. Sofort rührte ich das Pulver ins Essen.

Danach schüttete ich die klebrige Masse in meine große kupferne Obstschale und servierte dazu altes Brot und für jeden einen Holzlöffel. Gemeinsames Essen aus einem Napf würde die inhomogene Gesellschaft an meinem Tisch sicherlich zusammenschweißen, eine echte Tiroler Tradition!

Die Gäste kamen und erstarrten kurz beim Anblick unserer historisch-bäuerlichen Aufmachung. Nach einigen Schrecksekunden waren sie aber begeistert von unserem Themenabend. Jeder kannte offensichtlich den Film *Das finstere Tal*, noch nie hätte man in einer „alttirolerischen" Kulisse gegessen, sehr aufregend! Ich sei eine außergewöhnliche Gastgeberin und mein Mann dem bösen „Brenner-Bauern" förmlich aus dem Gesicht geschnitten. Gierig verschlangen sie den klebrigen Brei.

Nur die Hunde hatten sich zu dritt in ihre Körbe geschlichen und kämpften gegen den unangenehmen Brechreiz, denn der Geruch der kredenzten Speise pendelte zwischen wohlduftenden Kräutern und brutaler Fäulnis.

Der Abend verlief herrlich, keine Spur von Neurosen, ganz im Gegenteil.

Es wurde geplaudert, gelacht und gefeiert, ohne Fleisch, Alkohol und Zigaretten, sogar ohne benediktinische Pendelei. Nach ein paar Bissen dieses „herrlichen Gerichts" begruben Pater Anselm und Dr. Wunderlich spontan ihre Zwistigkeiten und wurden die besten Freunde. Auch ohne Alkohol plauderte Frau Skopal ihre vergangenen Intimitäten mit Herrn

Berger aus, was die Ehegattin jedoch mit großem Gleichmut verzieh. Sie lud den kleinen Julian sogar zum nächsten Weihnachtsfest ein. Traudl war gar nicht erschienen, sie hatte sich mit einem neuen Tinder-Partner im Internet getroffen und völlig auf die Einladung vergessen. Ihren Platz nahm mein türkischer Freund Halil ein, der nicht nur vom Tiroler Nockerlgericht, sondern auch von Mag. Trott verzaubert war, der seine sexuelle Ausrichtung nach fünf Bissen Brei enthusiastisch outete. Den mitgebrachten Lammrücken verspeisten die Hunde in der Küche. An der Schüssel Kartoffelsalat, der eigentlich für meine Hühner gedacht war, vergriff sich der Veganer am Tisch. Und das mit großem Appetit. Es war ein Abend, wie man ihn sich als Gastgeberin nur wünscht.

Der berufliche Werdegang meines Mannes ist trotzdem gänzlich anders verlaufen.

Herr Trott von der Finanzabteilung kündigte seinen Job und lebt nun als freier Fotograf mit Halil im Südtiroler Schnalstal, dem Drehort des Filmes. Beide wollen die Armut und die Bescheidenheit vor Ort nachempfinden.

Frau Berger hat ihren Mann verlassen, der mit Dr. Wunderlich eine Strafe wegen widerrechtlichen Drogenbesitzes, Handel mit verbotenen Suchtgiften und Widerstand gegen die Staatsgewalt absitzen muss.

Sie wurden bei der Heimfahrt von unserem Abendessen mit dem Auto von der Polizei angehalten und „bestanden" den Drogentest im nahe liegenden Kommissariat mit einem eindeutigen „Positiv". Erschwerend kam bei der Einvernahme hinzu, dass beide Herren den mitgeführten Topf mit den Nockerlresten um nichts in der Welt dem Polizeikommandanten übergeben wollten. Die scherzend offerierte Begründung, man hätte nur Topfennockerln mit irgendwelchen Alpenkräutern aus „dem finsteren Tal" gegessen, fasste der Beamte als Provokation auf, die mit einer handfesten Auseinandersetzung endete.

Die Weinsteins sind seit diesem Abend glücklich, sie glauben jetzt erst recht an Wunder. Ihr dreibeiniges Malteserweibchen hat nach ein paar Monaten zehn schwarze Hundebabys bekommen. Von welchem meiner Hunde, weiß ich nicht.

Pater Anselm hat sich entschlossen, mit Frau Skopal den Jakobsweg zu gehen, um sich neu zu finden, und seinen Job als Wirtschaftsberater des Benediktinerstiftes meinem Mann übergeben. Das ist auch besser so, in dieser Firma wäre mein Mann sicher wahnsinnig geworden.

Welche Gewürze nun wirklich in dem Tiroler Nockerlbrei waren, entzieht sich meiner Kenntnis. Constantin ist nur seit einiger Zeit ziemlich angefressen auf mich.

Ich musste ihm versprechen, dass ein Themenessen nicht so schnell wieder auf den Tisch kommt!

Zumindest keines unter dem Motto: *Das finstere Tal.*

Es gibt sie wirklich, diese sogenannten Helikopter-Mütter
und -Väter. Das Smartphone ist wie eine unsichtbare
Hundeleine, an der die Kinder hängen.
Lassen Sie sie los, zu viele Sorgen sind ungesund!
Trinken Sie lieber ein Gläschen Prosecco,
der Nachwuchs macht sowieso, was er will.

SORGEN ÜBER SORGEN

„Also eines ist schon klar! Als Mutter hast du immer die Arschkarte gezogen!", meint meine beste Freundin. Sie sitzt bei mir am Küchentisch und trinkt genüsslich ihren Prosecco, während ich die Geburtstagstorte ihres Sohnes verziere.

Fiona feiert ihre Geburtstage immer bei mir. Mein Haus und der Garten sind einladend groß, sie kann ihren Stress bei mir so herrlich vergessen, wie sie mir dankbar versichert, und im Übrigen verbleiben das schmutzige Geschirr und der Dreck in meinen vier Wänden.

Fiona kann sich trotz Prosecco und herrlicher Sonne nicht wirklich freuen und heult mir die Ohren voll.

„Alles habe ich für meinen Sohn aufgegeben. Meinen interessanten Job, meinen Freundeskreis, sogar meinen Mann! Gut, auf den kann ich verzichten. Auch meine monatlichen Botoxspritzen gibt's nicht mehr und meine entspannten Shoppingtage. Du hättest mir vor Jahren, vielleicht gleich bei meiner Hochzeit, sagen müssen, dass man als Frau ästhetisch und erotisch verkommt."

„Ich?!", maule ich und drehe mich verärgert um.

„Na bitte, schau dich doch an!"

Blöde Kuh, du hast es notwendig!, denke ich, arbeite aber weiter.

Sie merkt ihren beleidigenden Ton nicht und fährt in ihrem Selbstmitleid fort:

„Meine ganze Liebe und Hingabe sind in meinen einzigen Sohn geflossen. Ich habe mein Leben praktisch weggeworfen. Und wie dankt er es mir? Mit einem Mädchen, einer ‚Rauchfangtaub'n' namens Shirin. *Shirin!* Allein, wenn ich den Namen höre, kommt mir das Speiben! Shirin klingt wie ein Weichspüler oder wie eines dieser chinesischen Wok-Gerichte aus einer idiotischen Kochshow. Ach, wir kommen, Gott sei Dank, aus einer ganz anderen Zeit. Da wurden die Kinder noch nach christlichen Märtyrern getauft, Katharina, Margareta oder Barbara, aber Shirin? Wo, um Gottes willen kommt denn so ein Name her?"

Ich werfe kurz ein, dass auch Fiona ein nicht wirklich typisch österreichischer Mädchenname sei. Böse fällt sie mir ins Wort:

„Sag einmal, spinnst du? Du kannst doch nicht meinen Namen mit Shirin vergleichen. Fiona ist ein altirischer Name und bedeutet schön, was man bei dieser dummen Göre nicht sagen kann. Die Familie hat sicher Migrationshintergrund, sonst tauft doch niemand sein Kind Shirin, oder? Bei diesem Namen kaufst du dir gleich eine arabische Großfamilie mit all ihren Problemen ein. Die kommen dann im Hunderterpack und verwüsten dir dein schönes Haus, weil, ganz ehrlich, Sauberkeit und Hygiene gehören nicht zu deren Attributen. Alles schmeißen die weg, wenn's geht, gleich auf die Straße. Mülltrennung ist bei denen sowieso ein Fremdwort. Na ja, ausschauen tut diese Shirin ja nicht wirklich arabisch, mit ihren blonden Haaren. Vielleicht sind die auch gefärbt, man kann ja nie wissen. Die jungen Dinger haben ja heutzutage schon mit zehn gefärbte Haare oder irgendwelche scheußlichen Tattoos auf Po und

Rücken oder Piercings an Stellen, die du gar nicht wissen willst! Pfui Teufel! Vielleicht sind die neureiche Proleten. Die Geschwister heißen sicher Marvin oder Kevin, aber Shirin schlägt ja wirklich alles! Wenn du mich fragst, so etwas geht immer schief. Das war bei meinem Ex-Mann genauso. Ich komme aus einer gutbürgerlichen Familie mit christlichen Werten und er? Vom Mexikoplatz. Da gab es immer Bröseln."

Fiona öffnet bereits die zweite Flasche Prosecco. Sie ist ein echtes Multitaskinggenie. Während sie trinkt, studiert sie nebenbei meine Kochbücher, scrollt und wischt auf ihrem Smartphone herum und antwortet auf alle Facebook-Nachrichten, und das in einem Tempo, das mir die Sprache verschlägt. Während sie redet und redet, habe ich bereits Gurken- und Erdäpfelsalat zubereitet und dreißig Schnitzel paniert. Nun beginne ich die Torte mit Marzipanröschen zu verzieren, während sie Luft holt und weiterjammert.

„Schau, Schatzilein, genau diese Bröseln will ich meinem Sohn ersparen. Die Frustration einer Scheidung, die kenn ich ja von mir. So etwas ist höchst unangenehm und finanziell desaströs. Die Probleme mit meinen Enkelkindern, die alle natürlich bei mir wohnen werden, und dann noch die Teilung des Vermögens, das er ganz und gar mir zu verdanken hat. Und wer hat dann was davon? Die arabische Großfamilie, und das mit meinem Geld! Jetzt ist mein Michael ja noch Feuer und Flamme für dieses Ding, aber in ein paar Jahren ist es aus mit der rosaroten Brille, dann geht's ans Eingemachte. Glaube mir, solche Frauen haben es nur aufs Geld abgesehen! Und ich steh' hilflos daneben und muss danach die Scherben aufsammeln. Undankbares G'frast! So etwas habe ich mir als Mutter einfach nicht verdient!"

Sie trinkt wieder einen Schluck aus ihrem Glas.

„Was glaubst du, was in seine Ausbildung geflossen ist? Ohne mich wäre seine medizinische Laufbahn gar nicht möglich. Zuerst das Gymnasium, da stecken Tausende Nachhilfestunden drinnen. Einen ganzen Mercedes muss man heutzutage in so eine Matura investieren, dabei ist die heute ohnehin leichter als zu unseren Zeiten. Schau dir doch die Jugendlichen von heute an! Alle kleine, schlaue Ich-AGs und Smartphone-Loser, aber einen Bankauszug können die nicht sinnerfassend lesen. Erst neulich hat er sich darüber lustig gemacht, dass eine österreichische Wurst nach dem Philosophen *Kant* benannt ist. Na ja, eine Leuchte war mein Bub ja nie, das hat er wahrscheinlich von meinem Ex-Mann geerbt. Und dann erst die teuren Therapiestunden! Mein gesamtes Erspartes ist in diese Psychoheinis geflossen. Da legst du deinem Kind eine Autobahn an Möglichkeiten vor und er kommt mit einer Shirin daher. Das ist der Dank! Ganz vernarrt ist er in dieses Instagram-Pupperl. Jetzt frag ich dich, habe ich mir das verdient? Nein! Eine Mutter sollte doch im Leben eines Kindes immer an erster Stelle stehen, oder? Stundenlang bin ich früher an seinem Bettchen gesessen und habe ihn getröstet. Gut, so eine Zahnspange tut weh, aber nun hat er ebenmäßige Zähne. Ein schöner Mund ist jedenfalls immer von Vorteil, habe ich ihm gesagt. Im Beruf wie im Privatleben. Und ein Arzt braucht eben schöne, gesunde Zähne. Als Arzt hast du es einfacher, das ist ein krisensicherer und lukrativer Job. Die Leute leben länger und sind auch länger krank. So etwas ist ein Selbstläufer, wirtschaftlich gesehen. Und nun kommt diese Shirin daher und nimmt mir alles weg. Mein Sohn hat mich und meine mütterliche Liebe völlig vergessen. Für mich ist es schwer, mitanzusehen, wie das eigene Kind in den Abgrund rennt. Und glücklich, nein, glücklich kann er nicht sein. Ich sag dir was, das ist eben nur der Sex. Nur auf dieser primitiven Ebene können die zwei kommunizieren. Weil ehrlich, einen geraden Satz kriegt die Kleine nicht aus dem Mund, die ist ja intellektuell unter jeder Kritik. Und das macht mir Sorgen.

Wie sagte meine verstorbene Großmutter – Gott, lass sie selig ruhen – immer? Ein Tag hat vierundzwanzig Stunden. Sex dauert zehn, bestenfalls zwanzig Minuten. Und was machst du dann mit den anderen dreiundzwanzig Stunden und vierzig Minuten mit einem Partner, der dumm ist wie ein Sack Stroh? Kenn ich aus meiner früheren Ehe, und glaube mir, das war nicht lustig. Ich blöde Kuh hätte auf sie hören sollen. Mein Michael hat doch bei mir eine völlig andere Welt kennengelernt! Offenheit, Verständnis, Toleranz und Intelligenz. Das sind doch *die* Werte, auf die ein junger Mensch seine Zukunft bauen sollte. Ich habe auch schon öfter mit ihm darüber gesprochen. ‚Schau mein Schatz, hör doch auf deine Mutter. Eine Mutter meint es immer gut mit ihrem Kind‘, habe ich zu ihm gesagt. Es ist zwecklos. Er will davon nichts hören. Und wenn die plötzlich schwanger wird und ein Kind von ihm bekommt? Dann sind meine ganzen Pläne und Bemühungen beim Teufel! ‚Kind!‘, habe ich zu ihm gesagt. ‚Ich mache mir ehrlich Sorgen um dich! Frauen sind gefährlich! Du brauchst erst gar nicht bis drei zu zählen, ein paar Gläser Prosecco und neckische Dessous genügen, und schon bist du Vater! Und dann kannst du blechen, bis du schwarz bist!‘"

Meine Freundin fängt zu schluchzen an. Ich drehe mich kurz von der Torte weg und meine kopfschüttelnd: „Sag, Fiona, sind deine Sorgen nicht ein wenig übertrieben?"

„Übertrieben?", faucht sie böse zurück.

„Ja, übertrieben! Michael wird doch heute erst acht Jahre alt!"

„Stimmt, aber als Mutter kann man nie früh genug mit seinen Sorgen beginnen!"

Übrigens heißt das kleine blonde Mädchen an Michaels Seite Susanne Schirnhofer, von allen liebevoll „Shirin" genannt.

Wie heißt es so schön? Wer früher stirbt, ist länger tot.
Um das zu vermeiden, versucht sich der Mensch
an den abenteuerlichsten Wundermitteln.
Das Internet ist voll von diesen Produkten.
Was wirklich gegen Alter und geistige Erschlaffung hilft,
erzähle ich Ihnen in dieser Geschichte.

DIE ZELLERNEUERUNG

Vor einiger Zeit rief mich meine Freundin an. Sie erzählte mir aufgeregt von einem Vortrag, der ihr Leben verändert hätte, was ich instinktiv bezweifelte.

Gut, Fiona hatte ein paar Kilos abgespeckt, ihre psychischen Auffälligkeiten waren ihr aber geblieben. Außerdem hielt ich prinzipiell nichts von Vorträgen dieser Art.

Vor Jahren versprach man mir bei einer dieser stumpfsinnigen Veranstaltungen, mithilfe nur eines Buches den Glimmstängel gegen *Soletti* zu tauschen.

Ich erstand die Lektüre in der Hoffnung auf Heilung, las interessiert und rauchte dabei vier Packungen Zigaretten.

Sie fühle sich wunderbar, versuchte sie mich zu überzeugen, hätte wieder Freude am Dasein, und überhaupt, ihre schmerzhafte Migräne und ihr beginnendes Burn-out seien wie weggeblasen. Auch ihre Hormone spielten wieder wie verrückt, ein zweiter Frühling sozusagen, sie verschlänge ihre Partner geradezu mit Haut und Haaren, was dreißig Jahre nicht der Fall gewesen war.

„Ich habe neuerdings auch keine Angst mehr vor dem Altwerden, vor Siechtum oder Krankheit. Bei mir fließt der Prosecco in Strömen, was meiner Leber aber nichts anhaben kann, denn meine Blutwerte werden immer besser! Dank ständiger Zellerneuerung!"

Sogar ihr Hund Jonas, ein alter, fetter Dalmatiner mit ausgeprägtem Allergiebewusstsein – wie es auch sein Frauchen hatte –, sei wieder gesund und munter. Das treue Tier fräße wieder alles, seine kulinarischen Unverträglichkeiten wären im Bereich des Erträglichen, der Hund also in einem Topzustand.

So wie sie.

Die augenscheinliche Verhaltensänderung und ihre dopamingeschwängerte Lebensfreude waren offenbar das Resultat besagten Vortrags, der mich nur insofern interessierte, als davon eine mögliche Gewichtsabnahme und ein besseres Sexualleben zu erhoffen waren.

„Hat das der Vortrag oder der Referent bei dir ausgelöst?", fragte ich spöttisch, immerhin war sie seit einem Jahr geschieden und ständig auf Männersuche.

„Du bist echt blöd!", war ihre ruppige Antwort. Natürlich der Vortrag, es ging um Gesundheit und Zellerneuerung.

Gut, dachte ich, Zellerneuerung ist immer wichtig, und so saßen wir erwartungsvoll unter hundert anderen Damen mittleren Alters – wir hatten offensichtlich die gleichen Probleme mit unserem Körper, allen voran mit unseren alternden Gesichtszellen – in dem Vortragssaal und freuten uns auf das Referat.

Nach einer halben Stunde begann ich mich zu langweilen. Das Ganze hatte ich doch alles schon einmal im Biologieunterricht gehört. Dass der menschliche Körper aus über siebzig Prozent Wasser besteht, wie wichtig Vitamine und Mineralstoffe sind und überhaupt alles, was man sich am Tisch zubereitet, höchst toxisch für die Körperzellen ist.

Auf meine provokante Frage, was denn an einer zünftigen Hausmannskost so giftig sei, rollte der Vortragende die Augen und beteuerte mit betonter Wissenschaftlichkeit, dass ein

Kalbsschnitzel extrem ungesund sei und eine gebratene Gans jeden Diätologen in den Abgrund treiben würde. Abgesehen davon, dass der Schlemmer mit dem sicheren Tod zu rechnen hätte.

Das verstörte Raunen im Saal war nicht zu überhören. Was sollte an einem Wiener Schnitzel oder an einer gebratenen Gans so furchtbar sein?

Mit einem Mal wurde es still im Saal. Der Vortragende hielt wie ein Priester bei der heiligen Kommunion ein kleines Fläschchen in die Höhe und versuchte die Zweifelnden mit einem Lobgesang von der Wirksamkeit seines Wunderprodukts zu überzeugen. Von der Ferne konnte ich die Etikette mit einer undefinierbaren Nuss erkennen.

Meine Freundin rutschte aufgeregt auf ihrem Sessel hin und her und flüsterte mir verheißungsvoll ins Ohr: „Jetzt wird es spannend! Pass gut auf, dieses Geheimnis hat mein Leben und das meines Hundes verändert!"

„Meine Damen! Ich darf Sie um Ihre ungeteilte Aufmerksamkeit bitten! Hierbei handelt es sich um die Superwahnsinnsfrucht Mangestan, die Ihr Leben verändern wird! Sie stammt aus Malaysia und wird seit Tausenden von Jahren von dessen Bewohnern als Allheilmittel verwendet!", rief der Referent in den Saal.

Dieses Nahrungsergänzungsmittel, erhältlich in praktischer Plastikflasche und zu einem Preis, der es in Anbetracht seines medizinischen Könnens geradezu zu einer Okkasion mache, sei *die* Geheimwaffe gegen jede Zellalterung.

Arteriosklerose, Herzleiden in seinen unterschiedlichsten Ausprägungen, Augenleiden und Kopfschmerzen, Karzinome, egal, ob Leber oder Lunge, alle Krankheiten würden mit dieser göttlichen Frucht verschwinden.

Wie ein Raubvogel ließ er sich auf dem Hexennest aller Unverträglichkeiten nieder, die ihm von den Damen hingeworfen wurden, und ging ausführlich auf das Thema

Geschlechts- und Liebesleben der Anwesenden ein, das neu erblühen würde, dank dieses Wunderelexiers.

Um mindestens fünfzehn Jahre würden sich die Zellen bei entsprechender Einnahme erneuern, was er auch sofort mit Fotografien „verjüngter" und überglücklicher Frauen auf einem Overheadprojektor demonstrierte.

Frau Sabine G. zum Beispiel: fünfundfünfzig Jahre, vor der Einnahme von Mangestan: hässlich, fettige Haare und übergewichtig; nach Einnahme des Wundersaftes: volles, kräftiges Haar, gestraffte Haut und hübsch wie ein Firmling.

Berta W., siebenundsechzig Jahre, ohne Mangestan: kleinwüchsig, frustriert und fett; nach Mangestan: ein Aussehen wir ein Pfirsich mit fünfzig, schlank und sogar um einige Zentimeter gewachsen!

Noch während seiner Predigt über lebenswichtige Mineralstoffe wie Eisen und Magnesium, selbstverständlich alles biologisch abgebaut und Fair Trade gehandelt, fing er an, den braunen Saft als Kostprobe in kleine Plastikbecher zu gießen.

Während die Frauen zu dem Referenten stürmten, um von dem Wundersaft zu kosten, saß ich schmollend in meiner Reihe und ärgerte mich.

Verdammt, ich war in eine dieser grässlich-unangenehmen Verkaufspräsentationen irgendwelcher zweifelhafter Produkte geraten. Aus tiefer Überzeugung – immerhin bin ich ja ein intelligentes Wesen – hatte ich schon vor Jahren auf jede Tupperware-, Putz- oder Unterwäscheparty verzichtet. Außerdem irritierte mich die Tatsache, dass sich Frauen so leichtfertig verführen ließen und ihr rationales Denken einfach über Bord schmissen. Vor dieser Unmündigkeit hatte Immanuel Kant bereits vor über zweihundert Jahren gewarnt!

Und nun saß ich mittendrin!

Mir reichte es, ich wollte gerade aufstehen und gehen, da zog mich meine Freundin wieder zu sich auf den Stuhl. „Du kannst jetzt nicht gehen, zuerst musst du diesen Saft kosten!" Sie reichte mir einen kleinen Becher mit dem unappetitlich-bräunlichen Dicksaft.

„Jetzt nimm einen Schluck! Du wirst sehen, das hilft dir!", herrschte sie mich an, doch ich lehnte entschieden ab. Mir brauchte niemand zu helfen. Außerdem roch dieses Gebräu entsetzlich nach Erde und verfaulten Früchten. Fiona versuchte trotzdem mich zu zwingen, es zu trinken. Der Kampf zwischen mir und meiner Freundin war nicht zu übersehen. Ich wehrte mich mit Händen und Füßen. Gegen meine Freundin, gegen aufgezwungene Gesundheit, gegen ewige Schönheit, vor allem aber gegen diese stinkende Superfrucht.

Der Vortragende eilte zu Hilfe, aber nicht um mich zu retten – Fiona hatte sich bereits in meinen Haaren verheddert –, sondern um mich mit Stimmgewalt von der Wirksamkeit des Produktes zu überzeugen.

„Um nichts in der Welt trinke ich diesen Magellan!", rief ich und verschüttete den Becher. Jonas, der fette Dalmatiner, der unter mir auf dem Boden lag, schleckte gierig den Saft vom Boden.

„Mangestan heißt der Saft, nicht Magellan! *Mangestan!*", korrigierte mich der Referent. „Wenn Sie regelmäßig dieses Nahrungsergänzungsmittel einnehmen, dann leben Sie gesund und schauen wieder aus wie vierzig!"

„Ich schaue aus wie vierzig!", fauchte ich ihn beleidigt an.

„Auch ungeschminkt?", ätzte er.

„Auch ungeschminkt!", gab ich trotzig zurück.

Fiona mischte sich wieder ins Gespräch. „Lüg doch nicht! Ungeschminkt schaust du aus wie sechzig!"

„Jetzt probieren Sie doch endlich!", fuhr mich der Pseudomediziner an und befüllte erneut einen Becher. „Sie werden sehen, mit Mangestan sehen Sie aus wie fünfzig!"

„Ich bin fünfzig, Sie Flasche!"

„Na, umso besser! Mit dem Saft fühlen sich Ihre Zellen aber wie vierzig!"

Der Mensch konnte einfach nicht aufgeben.

„Wunderbar! Und wie ist es dann, wenn ich achtzig bin? Schau ich dann aus wie sechzig?"

„Garantiert, gnädige Frau!"

„Fein! Keine Herzschwäche, kein Diabetes und kein Karzinom? Und ein Sexleben wie ein junger Hund?", bohrte ich nach.

„Garantiert, gnädige Frau!"

„Bis achtzig?"

„Bis hundert, wenn Sie diese Superfrucht täglich einnehmen!"

Sex bis hundert? Um Gottes willen, allein die Vorstellung machte mich aggressiv.

Ich stemmte mich in die Höhe, Fiona hing immer noch an meinem Rockzipfel, und baute mich breitbeinig vor dem Herrn auf. Der Hund winselte unter dem Sessel und die anderen Damen schwiegen betreten.

„Und was ist, wenn ich mit achtzig trotzdem sterbe?", forderte ich ihn erneut heraus, mein limbisches System war außer Kontrolle geraten, das konnte nicht einmal die Superfrucht stoppen.

„Dann sterben Sie eben, das ist der Lauf der Dinge. Sie fühlen sich dabei aber wie *siebzig und gesund* ", konterte der geistig unterbemittelte Mensch.

Jetzt wurde es mir wirklich zu blöd. Ich schüttelte ihn ab und rief in die geschockte Runde:

„Pumperlgesund sterben? Sind Sie denn von Sinnen? Was ist denn das für eine hatscherte Geschichte? Ich habe gar nicht vor, gesund sterben. Das würde mich nämlich bis über den Tod hinaus ärgern, so gesund und doch tot. Ich sterbe lieber ungesund, dafür genussvoll und mit einem Wiener Schnitzel im Bauch! Komm, Jonas, wir gehen!"

Ich verließ den Saal, hinter mir her schlürfte der treuherzige Dalmatiner.

Während der Heimfahrt hatte sich der Hund seines Mageninhalts entledigt, sodass ich gezwungen war, dieses schrecklich stinkende Gebräu zumindest zu inhalieren.

Als mein Mann die Eingangstüre öffnete, roch er kurz an mir und schaute mir leidenschaftlich in die Augen. „Du riechst heute irgendwie anders, so verführerisch, so sexy, einfach fantastisch, meine Liebste!", meinte er und zog mich ins Schlafzimmer. Offensichtlich tat dieser Saft auch in inhaliertem Zustand seine Wirkung.

Der Hund stürmte in die Zimmer und versuchte die Katzen zu begatten, während Odysseus und ich uns in tiefer Liebe hingaben.

Am nächsten Tag bestellte ich heimlich übers Internet eine Flasche von diesem Wundersaft. Ich halte zwar nichts von diesen Dingen, aber mein Mann ist seither wie ausgewechselt. Immanuel Kant wird das sicher verstehen.

Wir Menschen denken gerne in Superlativen.
Als Krone der Schöpfung steht uns das auch zu. Bei der Umsetzung
unserer hohen Erwartungen tun wir uns dann schwer,
denn nur allzu oft macht der Vergleich mit anderen erst so richtig
unglücklich. Der Buchmarkt und eine ganze Zunft an
Psychotherapeuten helfen dabei mit guten Ratschlägen,
die teilweise noch unzufriedener machen.
Ich präferiere eine ganz andere Methode, um glücklich zu sein.
Ich verrate sie Ihnen in der folgenden Geschichte.

VOM „URGLÜCKLICH"-SEIN

„Des wird jetzt urwehtun!", meinte ein völlig empathieloses junges Wesen, das sich über mein Gesicht beugte.

Gott, wie ich diese Silbe „ur" hasse! Warum kann man nicht einfach schönere Wörter verwenden, wie „sehr", „besonders" oder „außergewöhnlich"?

Einem meiner Nachhilfeschüler verbot ich in einer Stunde, das Wörtchen *urzach* zu verwenden. Der junge Mann ließ sich auf einen Handel an. Er sollte mir zumindest fünf (!) Äquivalente zum Wort *urzach* nennen, dann würde ich seine Ausdrucksweise gelten lassen. Seine gymnasiale Reife wollte ich mit diesem einfachen Test ergründen. Klar, meinte er selbstherrlich, kam aber nach den Adjektiven „fad" und „langweilig" ins Stocken. Ich hatte seinen auf *LOL und ROL* reduzierten Sprachschatz völlig überfordert. Die Reifeprüfung hat er trotzdem geschafft, was ich für ein mittleres Wunder halte.

Schrecklich! Vor alles und jedes wird diese furchtbare Silbe *ur* gestellt, in meinem Fall hieß es eben *urweh*, ich schwieg und ließ die semantische Tortur über mich ergehen.

Auf dem Schildchen ihres unverschämt betonten Megabusens, der mir ein friktionsfreies Ein- und Ausatmen kaum ermöglichte, konnte ich den Namen der jungen Frau lesen: Kimberly Leitner.

Wenn eine schon *Kimberly* heißt, dann geht so etwas sicherlich nicht gut aus! Egal, schlimmer als zu Hause kann es nicht sein!, dachte ich frustriert.

Was hatte sich Gott, dieser Sadist, nur dabei gedacht, als er mir fünf Männer, zwei Hunde, zwei Katzen und einen General, meine Mutter, an die Seite stellte?

Nichts!

Konnte es tatsächlich sein, dass sich mein bescheidenes Glück als Frau und Mutter auf vier Stunden Schlaf und ein warmes Mittagessen beschränkte?

Nein, liebe Kimberly, jammerte mein Gehirn, nichts konnte meine aufgewühlte Seele so bedrängen wie meine Familie, die aus studienmäßigen Minimalisten, Teilzeitjägern, Veganern und Energievampiren bestand und deren einziger gemeinsamer Nenner die Unzufriedenheit mit dem Leben war.

Ich machte es mir im Massagesessel bequem. Genau in dieser depressiven Stimmung sollte mich der Termin bei einem Friseur wieder auf bessere, weil ästhetisch ansprechendere Beine stellen, zumindest was mein Äußeres und in weiterer Folge auch meinen Gemütszustand betraf. Inklusive Augenbrauen zupfen und färben.

Ich schloss die Lider und meinte trocken: „Geht schon in Ordnung, Fräulein Kimberly!"

Das waren meine letzten Worte, danach fing Kimberly an, sich an meinen Augenbrauen zu vergehen.

„Sie waren aber jetzt schon urlange nicht bei uns. Weil, wenn Sie öfter da gewesen wären, dann würden Ihre Augenbrauen nicht so schiarch ausschauen. Das Zupfen tut jetzt urweh. Aber glauben Sie mir, das tut lange nicht so weh wie ein Tattoo."

Sie hatte recht, jedes einzelne Haar, das sie zupfte, stach wie eine Nadel in mein Gehirn. Tränen des Schmerzes schossen in meine Augen, ich biss mir auf die Lippen, während Kimberly weiter an mir arbeitete.

„Haben Sie ein Tattoo? Sicher nicht, so wie Sie ausschauen. Macht nichts, ihr alten Leut' steht nicht auf so was. Meine Omi hat ja auch noch keines. Meine Mutter schon, aber die ist um einiges jünger als Sie."

Um Gottes willen, nicht schon wieder das leidige Thema Altern, ich konnte es nicht mehr hören! Ich kam mir mit meinem molligen, aber von keinen Tattoos entstellten Körper sowieso wie ein Wesen von einem anderen Planeten vor, zumindest wenn ich die Menschen in Kuranstalten und Thermen beobachtete. Trotzdem schwieg ich eisern weiter. In diesem Moment war mir meine Schönheit wichtiger als irgendeine dahergeplapperte Ansicht eines Mädchens, dessen Intelligenzquotient mit einer Scheibe Toastbrot vergleichbar war.

„Wissen Sie, ich steh schon auf Tattoos. Weil, meine beste Freundin hat auch eines, unten am Fußgelenk. Sie hat sich eine Schlange tätowieren lassen. Ich hab dieselbe Schlange, aber am Handgelenk. Am Handgelenk tut's echt weh. Hat mir aber nach ein paar Monaten nicht mehr gefallen. Ich habe die Schlange dann weglasern lassen. Scheußliche Sache. Kostet Unsummen und dann bleibt so ein urschiarcher Fleck zurück. Ich hab mir dann ein buntes Herz für meinen Freund, den Justin, drauftätowieren lassen. Schaut ursuper aus. Schlangen sind eh urblöd. Aber, was noch weher tut, sind Piercings!"

Ich krümmte mich bereits vor Schmerzen, einerseits wegen ihrer detailgetreuen Beschreibungen, andererseits wegen Kimberlys missglückten Steigerungsstufen des Wortes „weh".

Die rechte Augenbraue war fertig, sofort strich sie eine dunkle Tönung darauf und machte sich an der anderen Seite zu schaffen.

„Was halten Sie von Piercings? Kennen Sie nicht? Kann ich mir vorstellen. Ich habe mir eines am Nabel machen lassen. Wollen Sie es sehen? Einen Nabelring mit zwei ursüßen keltischen Hunden, die den Nabel bewachen. Schaut urgeil aus. Der Justin liebt den Ring. Und weil ich ihm eine Freude machen wollte, habe ich mir dann noch ein Intimpiercing geleistet, vom Weihnachtsgeld. So was kostet urviel, aber meinem Freund hat's gefallen. Das hat erst wehgetan, kein Scheiß! So einen Schmerz muss man verbeißen können! Der Justin steht aber auf den Ring. Das macht ihn urgeil, meint er."

Ich rang nach Luft. Weniger wegen Kimberlys Brüsten, die sich permanent in mein Gesicht schoben, als wegen ihrer erotischen Erlebnisse. Ich hielt durch, nur noch eine Augenbraue, dann würde ich dieses Wesen endlich los sein.

„Ehrlich, mich macht das weniger geil! Weil mit der Zeit nervt dich so ein Piercing, vor allem am Klo. Ist voll unappetitlich, wenn Sie mich fragen! Da hab ich meinen Freund vor die Entscheidung gestellt: Entweder das Piercing oder du bist mich los! Jetzt bin ich ihn los, den Trottel. Also, ich sag Ihnen was, wenn ein Mann mich nicht so nehmen will, wie ich bin, dann kann der mich sowieso kreuzweise, oder? Was meinen Sie?"

Nein, nein und nochmals nein! Kimberlys Lebensweisheiten waren nicht länger zu ertragen. Als sie die zweite Augenbraue färbte, klingelte ihr Smartphone. Sofort ließ sie von mir ab und widmete sich aufgeregt ihrem Freund, der nicht Justin, sondern Luc hieß.

Ich nützte den kurzen Moment ihrer Unaufmerksamkeit, löste mich vom Stuhl, bezahlte und fuhr zitternd mit nassen Haaren und ohne neue Frisur nach Hause.

Meine Augenbrauen sind zwar jetzt schwarz gefärbt (was bei einer Blondine nicht wirklich attraktiv ist), ungleich und schief gezupft, dafür geht es mir bedeutend besser.

Gott, wie ich meine Familie liebe! Es gibt nichts Wichtigeres als meinen Mann, meine vier Burschen und meinen Omi-General. Denn nichts ist nach diesem Friseurtermin angenehmer, als im Kreis von studienmäßigen Minimalisten, Teilzeitjägern, Veganern und Energievampiren zu leben.

Ich rannte meiner Mischpoche entgegen, umarmte, drückte und herzte sie wie zu Weihnachten.

„Was ist mit Mama los?", fragten die Kinder perplex.

Und da war sie plötzlich auch in mir, diese unerträgliche Silbe, die mich auf die Palme trieb:

„Ich bin urglücklich! Ich habe nämlich die liebste Familie der Welt!"

Die Urlaubszeit ist die wichtigste Zeit im Jahr.
Größte Aufmerksamkeit ist daher auf die Planung zu legen.
Wichtig ist es, auf die Bedürfnisse der Familie einzugehen,
damit ein hohes Maß an Entspannung
und Erholung möglich wird.

EIN PERFEKTER URLAUB

Ein erholsamer Urlaub will geplant sein. Vor allem dann, wenn man zwei Hunde, zwei Katzen, vier pubertierende Kinder und einen Ehemann im Gepäck hat.

Letzten Sommer beschlossen wir, wieder ans Meer zu fahren. Mein Mann hatte von seinem Chef eine großzügige Prämie erhalten und das Geld sah ich an einer mediterranen Küste besser angelegt als in irgendwelchen kaputten Waschmaschinen oder havarierten Autos.

Für unsere Tiere hatten wir uns einen „House-Sitter" besorgt, dessen unverschämte Honorarvorstellungen weit höher waren als das Gehalt meines Mannes. Murrend stimmten wir zu, denn was tut man nicht alles, um einen unbeschwerten Urlaub zu verbringen.

Ich setzte mich an den Computer und fragte das Internet um Rat. Doch wie es im Netz leicht passieren kann, sah ich den Wald vor lauter Bäumen nicht mehr. Tausende Websites mit den verlockendsten Angeboten öffneten sich wie von Zauberhand und entführten mich in die herrlichsten Urlaubsdestinationen.

Da ich bei meiner Suche nicht weiterkam, ordnete ich meine Wünsche und die meiner Familie nach Kontinenten, dann nach dem Alphabet der Länder, mit oder ohne Flugzeug zu erreichen und schließlich nach freien Strandliegen. Auch *Herr Trivago* wurde befragt, er konnte mir ebenfalls nicht helfen. Nur den lächerlich-französischen Akzent dieses Menschen, der offenbar das Resultat einer fehlenden Zahnkorrektur war, fand ich amüsant, im Übrigen war die dazugehörige Website nicht zu gebrauchen.

Nach dreizehn ziemlich nervigen Tagen, ich war gerade beim Buchstaben M angelangt, holte mich mein Mann aus der digitalen Umklammerung.

„Und, hast du schon etwas gefunden?", fragte er mich neugierig.

Ich wusste, er wollte eigentlich nur in Österreich bleiben, irgendwo in einer vergammelten alten Berghütte mit Blick auf die Alpen.

„Ja!", strahlte ich ihn siegessicher an. „Ich bin bei *M*, du kannst nun wählen zwischen einem Club Med in *M*alta oder der Hochzeitssuite im Hotel „*M*ira *M*are" auf den *M*alediven, und das um einen Pappenstiel!"

„Und, was kostet der Pappenstiel?"

„Die Kleinigkeit von 18.000 Euro. Aber: all inclusive!", jubelte ich.

„In dem Preis sind die Kinder hoffentlich miteingerechnet oder?", fragte mein Mann unsicher nach.

„Kinder? Welche Kinder?"

Verdammt, auf die hatte ich völlig vergessen, jetzt musste ich wieder von vorne anfangen. Meinem Mann reichte es. „Ich sag dir etwas. Du gehst in unser altes Reisebüro und fragst ganz konventionell nach Hilfe."

Nach Hilfe fragen? Ich sollte also mein Versagen eingestehen, unfähig zu sein, für eine sechsköpfige Familie eine Reise zu buchen?

Gut, Frau Weber aus dem Reisebüro war uns die letzten Jahre mit Rat und Tat zur Seite gestanden. Aber die Kinder waren größer geworden, auch Frau Weber würde an unseren hohen Erwartungen scheitern.

Mein Mann träumte von Erholung in den Bergen, Ferdinand wollte einen schnellen Internetzugang, Johannes einen Fußballplatz, Constantin hübsche Mädchen und Manuel ein mittelgroßes Reitpferd. Ich war als Mutter bescheiden geblieben, mich reizten das Rauschen des Meeres, eine gute Flasche Wein und meine Kinder, die ich nur zum Abendessen sehen wollte.

Ich ließ mich überzeugen, ging in unser Reisebüro und fragte nach Frau Weber. Bedauerlicherweise war die gute Frau auf Urlaub, Herr Wolf würde mir aber sicher gerne helfen, er hätte langjährige Erfahrungen bei Familienurlauben, erklärte mir der Geschäftsführer.

Nach einigen Minuten saß ich vor einem älteren, untersetzten Herrn mit Glatze, der gelangweilt auf sein Smartphone starrte und mich keines Blickes würdigte. Erst als ich mich auffällig räusperte, nahm er von mir Kenntnis und scannte mich mit seinen Augen von oben bis unten.

„Grüß Gott, ich möchte mit meinem Mann und meinen vier Söhnen einen vierzehntägigen Urlaub buchen."

„Logisch, sonst wären Sie ja nicht hier, oder?", gab er sarkastisch zurück und drückte auf seiner Tastatur herum. Auffällig schnell und ohne auf meine Wünsche und Bedürfnisse einzugehen, hatte er auch schon etwas gefunden und strahlte mich an.

„Da hab ich auch schon etwas Schönes für Sie!"

Aufgeregt rutschte ich auf meinem Sessel herum, endlich ein Mann, der zielstrebig und schnell eine Destination fand und uns die lang ersehnte Erholung garantierte.

„Gasthof zum Seewolf am Erlaufsee, eine Zweisternepension. Sehr günstig und sehr sauber! Die sperren im Herbst zu, leider. Scheidung. Ist ein Jammer, wenn Sie mich fragen. So ein herrliches Hotel direkt am See und dann kommt das alles unter den Hammer.

Ein Doppelzimmer für Sie und Ihren Mann mit Seeblick um achtundneunzig Euro die Nacht, inklusive Frühstück, und für die Kinder ein Doppelzimmer mit Ausziehcouch und einem Zustellbett", er tippte und rechnete, „um einhundertzehn Euro die Nacht. Preislich lässt sich da aber sicher noch etwas machen!"

Wie kam der Mensch auf eine langweilige Gastwirtschaft am langweiligen Erlaufsee im noch langweiligeren Niederösterreich?

Offensichtlich lag es an meinem Äußeren. Ich hatte nach den vergangenen Nächten, in denen ich nach Urlaubsorten gesucht hatte, tiefe Ringe unter den Augen. Auch Pullover und Hose schlabberten an meinen Beinen, weil ich sogar auf meine Mahlzeiten vergessen hatte. Also von einer finanzkräftigen nach Meer und Unterhaltung suchenden Kundin konnte er nicht wirklich ausgehen. Ich half dem Berater auf die Sprünge.

„Lieber Herr Wolf, Ihr Angebot ist reizvoll und würde auch meinem Mann sehr gefallen, weil er die Mariazeller Gegend und den Ötscher liebt, aber mir schwebt da etwas ganz anderes vor. Eher die weißen Sandstrände von Florida! Geld spielt keine Rolle, ich zahle umgehend und bar!"

„Florida?" Herr Wolf fing zu zittern an und trank einen Beruhigungsschluck aus seinem Wasserglas.

Warum denn nicht? Ich hatte mit meinem größten Trumpf aufgewartet, um alle Unsicherheiten zu klären. Wir hatten Zeit und was am wichtigsten war: Geld. Das sollte er bei der Planung einkalkulieren.

„Florida?", wiederholte er kopfschüttelnd. „Da kann ich Ihnen nur abraten, gnädige Frau. Die Amis sind seit dem Trump völlig deppert geworden. Die haben jetzt Einreisebestimmungen zum Haareraufen, denn Sie benötigen Impfzertifikate von Ihrer Familie über Pocken, Syphilis und Tuberkulose. Auch Smartphones und iPads sind im Flugzeug verboten, Zahnpasten und Parfums sowieso. Dann die unangenehmen Kontrollen am Flughafen, da brauchen Sie vier Tage zum Einreisen und drei Tage zum Ausreisen. Und wo bleibt dann Ihr Urlaub?"

Irgendwie hatte er recht, Amerika war nichts für uns.

„Gut, dann gehen wir auf die andere Seite der Weltkugel, wie ist es auf den Philippinen?", fragte ich weiter.

„Herrlich! Aber dreckig! Die Hotels schauen nur in den Katalogen nett aus, wenn man dort ist, teilt man sein Bett mit Kakerlaken und anderem Ungeziefer. Außerdem ist die politische Lage ziemlich instabil. Präsident Duterte ist ein Despot und greift hart durch. Der lässt die Leute, die ihm nicht passen, von seinen Schergen gleich auf der Straße erschießen. Glauben Sie mir, das ist zu unsicher für Sie und Ihre Kinder, ein scheußliches Land!"

Er hatte mich überzeugt, dort wollte ich nicht hin.

„Gut, wenn wir schon in der Gegend sind, was ist mit Thailand? Bangkok zum Beispiel?"

Herr Wolf rollte verzückt die Augen: „Bangkok ist wunderbar, echt geil. Aber ohne Kinder. Wenn Ihre Beziehung etwas frischen Wind braucht und Sie Lust nach erotischen Abenteuern haben, dann ist diese Stadt das Richtige für Sie."

„Waren Sie schon dort?"

„Oft, gnädige Frau, oft! Bangkok erfüllt Ihnen die aberwitzigsten Wünsche. Landschaftlich und ...", er räusperte sich verlegen und flüsterte weiter, „... und auch sexuell! Aber wie gesagt, ohne Kinder!"

Das käme sowieso nicht infrage, meinte ich entrüstet. Ich hatte keine Lust nach neuen Abenteuern, zumindest nicht nach männlichen, und Ferdinand und Johannes waren durch die Pubertät sowieso in einem erotisch orientierungslosen Zustand, Bangkok war somit tabu.

„Gut, muss ja nicht sein. Wir können auch in unserem schönen, alten Europa urlauben!", meinte ich, während

Herr Wolf weiter in seinen Listen wühlte: „Wie wäre es mit der Türkei oder Griechenland?"

„Türkei? Unmöglich! Da können Sie ja gleich eine Burka einpacken. Alle religiöse Fanatiker, wenn Sie mich fragen. Die werden immer restriktiver, auch mit den Touristen. Die Strände sind mit Plastik vermüllt, das Wasser verunreinigt und Sie kämpfen vierzehn Tage mit Übelkeit und Brechdurchfall. Bei vier Kindern nicht wirklich lustig. Und Griechenland? Zu heiß und zu teuer, weil da fahren jetzt alle hin, weil ja keiner mehr in die Türkei will."

Verständlich.

„Gut, dann rutschen wir auf dem Altas ein wenig höher. Was ist mit Kroatien?"

„Wunderbar! Kroatien hat zwar schöne, saubere Küsten, Urlaube sind aber schwierig geworden. Mit dem Auto sowieso. Die haben jetzt die Westbalkanroute dichtgemacht wegen der vielen Flüchtlinge. Da gibt's dann kein Rein und kein Raus mehr."

„Und Italien?", jammerte ich.

„Alles Diebe, alles Diebe!"

„Spanien?"

„Politisch zu unsicher wegen der Katalanen! Außerdem brennt's dort im Sommer gerne. Der Klimawandel ist tückisch und Feuerwehren kennen die nicht!"

Wimmernd fragte ich weiter: „Und wie ist Teneriffa?"

„Um Gottes willen, nicht Teneriffa, gnädige Frau. Geologisch gesehen ein Super-GAU! Die Insel liegt auf der Afrikanischen Platte und die scheuert auf den europäischen Kontinent. Dort treten Erdbeben und Tsunamis mit einer Wahrscheinlichkeit von achtzig Prozent auf. Muss Ihnen in Ihrem Urlaub ja nicht passieren, aber wenn es passiert, dann Pfiat di Maridl!"

„Und England?", bettelte ich ihn an.

„Unmöglich! Brexit und Terrorgefahr!"

Ich ließ mich erschöpft in den gepolsterten Sessel zurückfallen. Na toll, wir konnten offensichtlich nirgends auf dieser Welt Urlaub machen, ohne politisch, geologisch, kulturell oder sexuell unter die Räder zu kommen und als Touristen ausgebeutet zu werden.

Ein Land blieb aber übrig: Österreich.

„Und was ist mit Österreich?", fragte ich kleinlaut.

„Österreich ist immer fantastisch! Der Westen ist heuer aber stark von den Deutschen ausgebucht und das oberösterreichische Seengebiet von den Chinesen und Japanern überlaufen. Was sagen Sie zu Niederösterreich?"

„Niederösterreich? Herr Wolf, ich komme aus Niederösterreich!", kommentierte ich die Idee.

Herr Wolf hörte meinen Einwand nicht und redete weiter.

„Niederösterreich ist groß und hat den Vorteil, dass es bezaubernde und wunderbar verschlafene Orte gibt, die Ihnen sicher sehr gefallen würden. Statt des Meeres gibt es klare und saubere Seen, die Kulinarik ist genau nach Ihren Wünschen und auch die Kinder müssten sich nicht in einer anderen Sprache unterhalten. Wie wäre es zum Beispiel mit dem „Gasthof zum Seewolf am Erlaufsee? Eine Zweisternepension. Sehr günstig und sehr sauber!"

Herr Wolf druckte ein paar Bilder aus, die ich interessiert betrachtete. Eingebettet in das Voralpenland würde diese Region meinem Mann sicher sehr gefallen. Auch der See war betörend schön, was mich für das Meer entschädigte, die Kinder hätten ein Fußballfeld sowie Internetanschluss und für Manuel gab es sogar eine Weide mit Kühen, was ihn zumindest ein bisschen von seinen Reitpferden ablenken konnte.

„Und was sagen Sie dazu?", fragte mich Herr Wolf.

„Perfekt, das nehmen wir. Vierzehn Tage in der Pension Seewolf!", rief ich und buchte sofort das Angebot.

Herr Wolf schien ziemlich glücklich zu sein, er tippte flink eine Buchungsbetätigung und überreichte mir die Quittung.

Als ich nach Hause kam und meine Lieben über unseren Urlaubsort informierte, überschüttete mich mein Mann mit Liebkosungen. Endlich ein Urlaub im Grünen und in den Bergen!

Die Kinder maulten. Erst als ich sie über Brechdurchfälle, Tsunamis, Terrorwarnstufen, Vollkörperverschleierungen, Diebstähle, Drogen und Flüchtlingsströme aufklärte, gaben sie meinem Drängen mitzufahren nach und halfen mir sogar, das Auto für unsere Reise zu packen.

Glücklich und voller Erwartungen fuhren wir in die Pension „Seewolf" an den Erlaufsee im schönen Niederösterreich. Super günstig und super sauber.

Begrüßt wurden wir beim Eintreffen mit einem Cocktail von Herrn Wolf aus dem Reisebüro. Bis Herbst sei er „Noch"-Besitzer der Seepension. Danach müsse er leider zusperren. Eine Scheidung, blöde Sache. Er werde mit seiner neuen thailändischen Freundin wieder nach Bangkok ziehen und dort ein Hotel eröffnen.

Vielleicht werde ich Herrn Wolf mit meinem Mann einmal besuchen – ohne Kinder versteht sich. Dort soll es ja die aberwitzigsten Dinge geben, die jeden noch so ausgefallenen erotischen Wunsch erfüllen.

Meine Putzfrau Irmi, eine nicht nur fleißige, sondern auch
philosophisch denkende Frau, arbeitet sogar dann bei mir,
wenn sie an erhöhter Temperatur und starken Halsschmerzen leidet.
Sie lässt es sich nicht nehmen, zu kommen.
Denn die paar Stunden in meinem Haus, meint sie,
wären besser als jeder Kabarett- oder Theaterbesuch,
und bezahlt werde sie auch noch dafür. Also bitte!

DAS KRISENINTERVENTIONS-ZENTRUM

Die Freude über ein zufriedenstellendes, zumindest positives Zeugnis meiner Kinder ist bei mir nur von kurzer Dauer. Urlaubszeit bedeutet für eine Mutter vier pubertierender Burschen Stress pur.

Während andere Familien in ihren Autos oder im Flugzeug Richtung Süden sitzen und sich auf einen erholsamen Urlaub freuen, beginnt für mich die anstrengendste Zeit. Neben meinem Job als Mutter und Schriftstellerin sind meine Fähigkeiten als Konfliktmediatorin, Urlaubsplanerin, Gärtnerin, Unterhalterin, Coach, Bausachverständige, Krankenschwester, Sexualtherapeutin, kurz: Managerin eines Kriseninterventionszentrums, gefragt.
Wie letzten Sommer.

Klein Manuel sollte auf ein vierzehntägiges Pfadfinderlager fahren, klagte aber über Halsschmerzen und hatte auch tatsächlich erhöhte Temperatur. Vielleicht wollte er auch lieber in seinem warmen Bett liegen als irgendwo auf der freien Wiese in einem Zelt. Noch dazu konnte ich den Schlafsack nicht finden, den hatte Constantin auf ein Rockfestival nach Graz mitgenommen.

Ein Arzttermin war schnell vereinbart, der Mediziner gab nach kurzer Anamnese trotzdem grünes Licht fürs Lager. Manuel hatte tatsächlich einen grippalen Infekt vorgetäuscht (er hatte das alte Fieberthermometer kurz unter den heißen Wasserhahn gehalten).

Also ging's ab ins nächste Sportgeschäft, um einen Schlafsack zu besorgen. Vorbei an der Putzerei, wo ich den Anzug meines ältesten Sohnes abholen sollte. Ferdinand hatte in den nächsten Tagen ein Vorstellungsgespräch für einen Ferialjob bei einer Bank, den Putzereizettel aber verschlampt. So wühlte ich mich mit der Verkäuferin durch zweihundert Herrenanzüge, bis wir das Kleidungsstück fanden.

Manuel saß im Auto und schmollte. Ich zahlte und bekam im selben Moment eine kurze SMS eines Reiseveranstalters. Man hätte nun nach dreimaliger Mahnung den Restbetrag für den Urlaub auf einer Almhütte nicht erhalten und sehe sich daher gezwungen, die Hütte anderweitig zu vergeben. Verdammt, ich hatte ganz auf unseren bescheidenen einwöchigen Urlaub Ende Juli vergessen. Wie wild suchte ich nach dem alten Erlagschein, fand ihn aber nicht. Bettelnd flehte ich am Telefon um kurzfristigen Aufschub und bekam großzügig einen Tag geschenkt.

Constantin hatte sich aus Graz immer noch nicht gemeldet, langsam machte ich mir Sorgen. Musik, Tausende Jugendliche, viel Alkohol und mein Draufgänger mittendrin. Das Handy läutete.

Ein Maurer war am Apparat, er hatte die Ursache des Wasserflecks in meiner Küche gefunden, es war doch die Zuleitung zum Gartenschlauch gewesen. Gleichzeitig hätte er aber bedauerlicherweise beim Stemmen die Wasserleitung zum Geschirrspüler „angekratzt", was für einen sachkundigen Installateur kein Problem sein sollte. Dieser möge aber bitte rasch kommen.

„Wie rasch?", fragte ich vorsichtig.

„Sehr rasch, gnä' Frau! Wir wissen nicht, wo der Haupthahn ist, es fließt in Strömen!", meinte der Handwerker sichtlich nervös.

Mit weit überhöhter Geschwindigkeit fuhr ich nach Hause und kassierte dafür eine ordentliche Geldstrafe. Als ich in die Küche stürmte, bot sich mir ein Bild des Grauens.

Wie bei einem Schiffbruch schaufelten die Handwerker mit Kübeln das Wasser aus dem Raum. Sofort rannte ich in den Keller und drehte den Haupthahn ab. Endlich hörte der Wasserschwall auf, was Manuel bedauerte, weil er nun nicht mehr auf der Luftmatratze durch die Küche schwimmen konnte.

Ich versuchte verzweifelt den Installateur zu erreichen. Die freundliche Damenstimme auf der anderen Seite der Leitung meinte nur lapidar, der Meister urlaube zurzeit auf den Malediven und sei daher nur schwer erreichbar. In Notfällen könnte ich mich aber vertrauensvoll an die örtliche Feuerwehr wenden.

Draußen im Garten hörte ich ein angenehmes Geräusch, was meinen Frust über die devastierte Küche etwas relativierte. Das Brummen des Rasenmähers.

Johannes hatte nun doch, nachdem ich ihm den Controller seiner X-Box versteckt hatte, sein Versprechen eingelöst, mir im Haushalt für die unzähligen Nachhilfestunden in Mathematik zu helfen. Aber es summte und brummte nicht lange. Ein kurzer Knall, eine schwarze Rauchwolke und ein wütender Bursche kam in die Küche geschossen. „Scheiß Rasenmäher, der ist jetzt hin!"

Er hatte statt Superbenzin das Öl der Kettensäge verwendet und „rein zufällig" beim Starten das Kabel abgerissen.

Ich wollte mich gerade betrinken, als meine Freundin Claudia heulend mit ihren Kindern vor der Eingangstüre stand. Sie hätte nun doch die Scheidung eingereicht und müsse sich von dem Stress ein paar Tage erholen. Nach ihrem dreistündigen Redemarathon und einer Packung Zigaretten fuhr sie. Ihre Kinder und den keifenden Hund ließ sie bei mir zurück.

Aus! Schluss! Ich fuhr mit der Rasselbande ins Reisebüro und zahlte direkt und bar unseren Urlaub ein. Mein Mann konnte nun doch mit den Kindern auf die Almhütte fahren, alleine. Der Maurer musste eben die nächsten Wochen auf sein Honorar warten.

Ich blieb einfach zu Hause. Ich schlief, wann ich wollte, aß, wenn ich Hunger hatte, und genoss meine längst vergessene Freiheit.

Damit auch niemand meine selige Ruhe störte, befestigte ich ein riesiges Schild an der Türe meines Kriseninterventionszentrums:

Wegen Urlaub geschlossen!

Haben Sie sich schon einmal gefragt, warum die Dinge,
die uns das Leben versüßen, so schrecklich ungesund sind?
Vielleicht ist Gott ein Sadist. Da offeriert er uns diese
herrlich-sündigen Köstlichkeiten und beim ersten Genuss,
bums, fliegen wir auch schon aus dem Paradies.
Mein ganzes Leben lang kämpfe ich gegen sie an, gegen ...

ZIEMLICH BESTE FREUNDE

Fragt man mich, ob ich mit meinem Alter zufrieden bin, antworte ich mit einem selbstverständlichen „Ja". Es ist eine ziemlich deplatzierte und blöde Frage, vor dem Alter kann man ja genauso wenig wegrennen wie vor der eigenen Mutter.

Das Altern trägt die Tugend in sich, überlegter, erfahrener und gleichmütiger zu werden. Man braucht sich und den anderen nicht mehr ins Gesicht zu lügen und reagiert auf manch unangenehme Situation mit innerer Ruhe und Gelassenheit.

Das trifft im Allgemeinen zu, in meinem speziellen Fall jedoch nicht. Ich reagiere auf mein Alter innerlich höchst aggressiv, zumindest wenn man mich unverfroren darauf anspricht. Meinem fragendem Visavis verschweige ich nämlich, dass ich mich jeden Tag in der Früh im Badezimmerspiegel betrachte und mir denke: „Verdammt, schöner wirst nicht mehr!"

Von diesem Umstand profitiert zumindest die Kosmetikindustrie.

Vor einiger Zeit meinte mein Orthopäde, ich sei ein fünfzigjähriges Wrack, weil Hüften und Bandscheiben langsam ihren Geist aufgäben und der Meniskus täte, was er wolle, nur nicht im Kniegelenk bleiben. Ich hätte zwar Blutwerte wie ein junger Hund, also eine Lebenserwartung zwischen neunzig und hundert Jahren, die Gelenke würden dabei aber nicht mitspielen. Auf gut Deutsch, ich sollte endlich einen gesünderen Lebenswandel pflegen. Widerwillig fasste ich den Entschluss, meinen trägen Körper von meinem Schreibtisch zu lösen und mehr für mein Wohlbefinden zu tun. Die Frage war nur, wie?

„Geben Sie Alter und Geschlecht ein und drücken Sie auf Enter.“

„Weiblich, dreiundfünfzig. Nein, dreiundfünfzig bin ich ja noch gar nicht. Erst in ein paar Monaten, also zweiundfünfzig. Enter.“

„Geben Sie Körpergröße in Zentimeter ein und drücken Sie auf Enter.“

„Na ja, im Reisepass stehen noch hundertsechsundsiebzig Zentimeter, ich bin aber sicher schon geschrumpft, egal, also hundertsechsundsiebzig Zentimeter. Enter.“

„Zum Kalorienverbrauch Gewicht eingeben und Enter drücken.“

Verdammt, was wollte dieses Scheißgerät alles noch von mir wissen?

Mein Gewicht wusste nicht einmal mein Mann. Und ich sowieso nicht, weil ich mich nicht auf eine Waage stellte. Mir genügte der trostlose Blick in den morgendlichen Spiegel.

„Um fortzufahren, geben Sie Ihr Gewicht ein und drücken Sie Enter!“, befahl mir dieser idiotische Ergometer erneut.

Ich drückte zitternd eine Doppelzahl ein, die ich meinen interessierten Lesern aber nicht verrate, nur so viel: Es war eine Acht dabei.

Eine Zahl, die ich hasste, nicht nur weil sie hoch war,

sondern auch deshalb, weil sie, wenn man sie querlas, das Zeichen für Unendlichkeit symbolisierte. Und unendlich langweilig und langwierig waren meine bisherigen Bemühungen gewesen, gesund zu leben.

Mittlerweile war Frühling, ich dachte an den frustrierenden Blick in den Spiegel und versuchte es erneut. Weihnachten und Neujahr waren vorbei und nun begann auch wieder der Ernst des Lebens. Alle hatten gute Vorsätze, auch ich.

Bis zum wichtigsten aller Feste, dem Muttertag, würde ich wieder in mein enges Dirndl passen. Garantiert.

Warum ich das machte, fragen Sie sich? Sicher nicht wegen meines Orthopäden und schon gar nicht wegen meines Mannes.

Odysseus ist ein aufgeschlossener und künstlerisch versierter Mann, er bewundert nicht nur Rubensfrauen als Gemälde in Museen, nein, er liebt sie auch bei sich im Bett (hoffentlich nur mich).

Daher tue ich mir wirklich schwer mit meinen Vorsätzen, denn jedes Kilo, das ich nicht mehr unter meinen Kleidern verstecke, vermisst er geradezu und meint dann flehentlich, von einer schönen Frau könne es einfach nicht genug geben.

Das Maß aller Dinge war ich selbst, doch dieses Maß hatte jede Form verloren. Als ich mir beim Bügeln eine dieser erschreckend „gesunden" Fernsehshows ansah, die jeder anständigen Frau die Schweißperlen auf die Stirne treiben, schockierte mich meine eigene Disziplinlosigkeit einmal mehr.

Von vier gefährlichen Lebenskillern war da die Rede: Rauchen und Alkohol, Übergewicht und Bewegungsmangel. Mir wurde mulmig, denn alle vier Killer kenne ich höchstpersönlich, sie sind sozusagen meine besten Freunde.

Mindestens zwei dieser Vitalmörder musste ich in Zukunft aus meinem Leben streichen, konnte mich aber beim besten Willen nicht entscheiden.

Als mich dann auch noch beim Einkaufen ein alter Bekannter mit den Worten „Meine Güte, Katharina, ich hätte dich jetzt *fast* nicht wiedererkannt!" begrüßte, fiel mir die Entscheidung noch viel leichter.

Dieses kleine Wörtchen *fast* traf mich wie ein Blitz, aber half mir, mich zumindest von zwei meiner Freunde zu trennen. Beide waren ausgesprochen traurig und lästig, wollten mich nicht gehen lassen. Ich blieb aber standhaft und das über mehrere Wochen. Es hieß also abnehmen und mehr Sport betreiben.

Ich strampelte vollkommen verblödet jeden Tag meine fünfzehn Kilometer auf dem Ergometer herunter und kam mir wie eine Nacktschnecke vor, die sich nur von Zucchini und Salaten ernährte. Die Kalorien am Display des Ergometers fielen von mir herab wie die Blätter im Spätherbst und damit auch meine Kilos.

Ein herrliches Gefühl.

Vor einigen Tagen kam spätabends mein Mann vom Büro nach Hause, warf seine Sachen auf die Vorzimmerbank und ließ sich müde mit einem Bier in der Hand auf die Wohnzimmercouch fallen. Der richtige Zeitpunkt, dachte ich, ihn mit einer wunderbaren Nachricht zu erfreuen.

Aufgeregt wie ein Schulkind drehte ich mich einmal nach links, dann wieder nach rechts und frage ihn: „Und? Wie gefalle ich dir?"

Es lag wohl an seiner Erschöpfung, wohl auch daran, dass Männern ein außerordentlich wichtiges Gen für die Kommunikation fehlt. Sie sagen einfach nie das, was Frauen gerne hören wollen!

„Hübsch wie immer, mein Schatz!", gähnte er mich an.

Ihm waren meine Diät und die stundenlangen Fahrradtouren auf dem Ergometer gar nicht aufgefallen.

„Warte, ich mache es dir leichter!", rief ich und lief ins Schlafzimmer, um ihm meinen Gewichtsverlust (immerhin fünf Kilo!) durch ein paar neckische Dessous sichtbarer zu machen. Nach ein paar Minuten keuchte ich zurück ins Wohnzimmer, die Haare geöffnet, die Lippen feuerrot nachgestrichen.

„Und?", hauchte ich ihn verheißungsvoll an.

Die Antwort war vernichtend eindeutig: „Krch, krch, kr…!"

Er war bereits eingeschlafen!

So saß ich kurze Zeit später mit feuerroten Lippen und geöffnetem Haar in der Küche und feierte trotzdem meine ersten verlorenen Kilos.

Zwei meiner besten Freunde waren auch da. Ein Glas Prosecco und eine Zigarette. Aber auch von ihnen werde ich mich in Kürze verabschieden.

Morgen. Oder übermorgen. Oder vielleicht überübermorgen oder überüberüberüber…

Hören Sie bitte mit Diäten und Fastenkursen auf.
Sie führen zu Sprachblähungen und geistigen Flatulenzen.
Essen und trinken Sie alles! Einem ganz wesentlichen Verlangen ist
dabei sofort – und das ausgiebig – nachzukommen, dem ...

BILDUNGSHUNGER

Es gibt Gastgeschenke, die sinnvoll sind, wie Blumen, ein paar Flaschen Prosecco oder Schokoladebonbonieren (wenn sie frisch sind, nicht die, die Jahre hindurch immer wieder weitergeschenkt werden), andere wiederum können mir gestohlen bleiben.

Zum Beispiel das Gewürzsäckchen mit getrocknetem Rosmarin aus dem indonesischen Urlaub meiner Cousine. Das Miststück weiß genau, dass ich mir mit meinen Kindern solche Destinationen nicht leisten kann und sich unsere Erholung auf den Edlesberger Teich im Waldviertel beschränkt. Außerdem isst sie mir den Rosmarin beim nächsten Mittagessen sowieso wieder weg.

Auch meine Freundin Fiona ärgerte mich erst neulich mit einem Präsent. Stolz überreichte sie mir eine in türkisem Papier verpackte Überraschung. Ich freute mich über alle Maßen. Einfach nur zwischendurch jemandem Freude zu bereiten, empfinde ich als eine überaus nette Geste. Gierig riss ich die Verpackung auf und zum Vorschein kam ein viertel Kilo Glaubersalz mit einem Folder, auf dem in geschwungener Schrift der bedeutungsschwere *No-na*-Satz stand: „Im Mangel liegt göttliche Gesundheit und Weisheit!"

In der Mitte des Bildes war ein Heilpraktiker zu sehen, der Ähnlichkeiten mit einem kitschigen Nazarener-Jesus hatte, umgeben von vier schlanken, engelsgleichen Blondinen.

Meine Freundin bemerkte meine Betroffenheit und meinte, sie sei überzeugt, dass mir eine Fastenwoche guttäte, vor allem körperlich. Sie schmunzelte dabei blöd, wie Menschen immer schmunzeln, wenn sie jemanden mitten ins Herz getroffen haben.

Auf derart untergriffige Anspielungen reagiere ich normalerweise mit einem charmanten Lächeln, in diesem Fall nicht. Ich zündete mir demonstrativ eine Zigarette an, schenkte mir ein großes Glas Prosecco ein und fragte sie, ob der junge Mann auf dem Folder auch käuflich zu erwerben sei, sozusagen als „heilpraktizierender Prostituierter". Eine derartige sexuelle und spirituelle Erfahrung wäre sicher eine Inspiration für meine Beziehung, worauf sie beleidigt aufstand und die Küche verließ.

Dabei finde ich den Gedanken, Geist und Körper durch bewusste Enthaltsamkeit zu stärken, überaus interessant. Lustig ist nur, dass an meinem Tisch ständig übers Heilfasten, Suppenfasten, Gemüsefasten und verschiedene andere Arten von zwangsneurotischen Nahrungspausen und die daraus resultierenden körperlichen Entzugserscheinungen gesprochen wird. Mir wäre eine geistige und digitale Entgiftung mancher Gäste weit lieber! Denn noch bevor ich den gefüllten Kalbsbraten oder das Steirische Wurzelfleisch auf den Tisch gestellt habe, werden die Smartphones gezückt und die Bilder als „Food-Porno" auf Facebook hochgeladen. Jedes Vergnügen und jeder Genuss gehen dabei verloren.

Nein, nein und nochmals nein! Mich bringt niemand zum Fasten, weil ich es als Mutter ohnedies das ganze Jahr tue. Auch auf die Gefahr hin, von Ihnen missverstanden zu werden: Ich will nicht weniger, ich will mehr von den Dingen! Besonders von den geistig-schönen! Denn Bildung macht sexy. Ich erkläre Ihnen, warum.

Ich leide ständig unter Defiziten, Notständen und an diversen Mangelerscheinungen, da nützt mir auch kein Fastenkurs mit einem zweifelhaften Jesus-Imitat. Neben Finanz- und Zeitnotständen, Schlafdefiziten und schulischen Engpässen kann und will ich als intelligente Frau auf die Befriedigung meines Bildungshungers nicht verzichten.

Bei vier Kindern und einer riesigen Familie eine echte Herausforderung!

Die Kinderchen werden aber älter und erwachsener und die Freude ist unermesslich, wenn sich der Gaumen wieder auf ein Essen freuen kann, das auch noch warm ist. Die Zeiten sind vorbei, in denen jedes Gespräch vom ständig quengelnden oder streitenden Nachwuchs unterbrochen wird.

Ist die Windel- und Kindergartenphase überstanden und glaubt man, endlich wieder intellektuell festen Boden unter den Füßen zu haben, stören gymnasiale Misserfolge oder ausschweifende Partys die traute Zweisamkeit eines Paares. Egal, in welchen Entwicklungsstufen sich meine Kinder befinden, sei es Mädchenschwärmereien oder kaputte Autos, meine Erotik und mein Hunger nach Bildung und Wissen kommen neben ihren Bedürfnissen immer zu kurz.

Lese ich zum Beispiel genüsslich die *Presse*, muss ich sofort wieder mein Sofa verlassen, um einen meiner Söhne mit dem Auto von A nach B zu fahren.

Die durchschnittliche Lesezeit eines hundertseitigen Buches erstreckt sich bei mir auf drei bis fünf Monate, auch wenn es dem geistigen Niveau von *Fifty Shades of Gray* entspricht. Bin ich mit dem Lesen des Buches dann endlich fertig, habe ich trotzdem keine Ahnung vom Inhalt, weil Schlafmangel und massive Konzentrationsstörungen mein Gehirn daran hindern, mich zu erinnern.

Als zwanghafte Optimistin ging das auch lange Zeit gut. Ich ärgerte mich nicht, sondern fand es sogar amüsant, immer wieder die gleiche Lektüre zu lesen, abgesehen davon, dass mich mein über alles geliebter Buchhändler kaum noch sah, was bedeutend günstiger für mein Haushaltsbudget war.

Wie Männer im Allgemeinen diesen geistig erschlafften Zustand bei der eigenen Ehefrau interpretieren, deutete auch mein geliebter Mann meine intellektuelle Verwahrlosung mit einem massiven Defizit an Sex.

Er forderte unsere Söhne auf, „ihren Gutschein" anlässlich unseres fünfundzwanzigsten Hochzeitstages einzulösen, der uns beiden die lang ersehnte Zweisamkeit ermöglichen sollte.

Sie taten es, verzichteten großzügig auf Partys und Freundinnen und fuhren zu den Großeltern nach Wien.

Wir beide konnten endlich ein gemeinsames Wochenende ohne Kinder verbringen. Das Haus nur für uns alleine! Wie herrlich!

Ich schmiedete schon Tage zuvor die aufregendsten und erotischsten Pläne.

Lange, ausgedehnte Spaziergänge in der wunderbar eisigen Winterlandschaft mit anregenden Gesprächen, ein Dinner for two mit ayurvedischem Menü, das unsere alternde und ständig von Kindersorgen zerfressene Erotik wieder zum Knistern bringen sollte, und anschließend ein gemeinsames Bad bei Kerzenschein.

Doch wie so oft im Leben kommt alles ganz anders, als man es sich erträumt.

Als ich vom Einkaufen zurückkam, empfing mich kalter Schauer. Hatte ich die Zimmer zu lange gelüftet? Das Messgerät im Wohnzimmer zeigte den „stolzen Wert" von zehn Grad an, Tendenz stark fallend. Draußen vor der Tür herrschte reges Schneetreiben.

Wahrscheinlich musste sich der Warmwasserkessel im Keller wieder aufheizen, weil meine Söhne vor dem Wegfahren stundenlang geduscht hatten, erklärte ich mir die Kälte im Haus.

Nach zwei weiteren Stunden, ich hatte bereits den Mangoschaum mit Kardamom und indischem Rohrzucker für das Erotikdinner zubereitet, musste ich mir aus meinem Kleiderschrank einen dicken Wollpullover holen. Die Temperatur war bereits um weitere zwei Grad gesunken.

Nervös ging ich in den Heizraum und observierte den Gasbrenner etwas genauer, der keinen „Mucks" von sich gab. Weder Flämmchen noch das Gesäusel von Gas waren zu hören. Nichts. Ich versuchte das Ding wieder in Gang zu setzen, doch meine Mühe blieb ohne Erfolg.

Unser Haustechniker musste also her. Doch auch nach mehrmaligem Nachfragen fertigte mich seine Sekretärin kaltschnäuzig mit den Worten ab, einfach nichts machen zu können. Der Meister sei skifahren und würde so schnell Kitzbühel nicht verlassen.

Wunderbar, dachte ich, ich musste etwas im Leben falsch gemacht haben. Während ich in meinem Hause fror, amüsierte sich der Mensch beim Après-Ski mit der High Society. Und das um mein Geld!

Und weil es Freitag und mittlerweile nach 18 Uhr war, konnte ich von keinem Handwerker aus der näheren Umgebung Hilfe erwarten.

Doch so leicht gebe ich nicht auf. Immerhin steckt in mir eine alte Pfadfinderin!

Ich würde eben die alten Kamine im Haus reaktivieren und die Öfen beheizen. Holz hatten wir genügend. Ich schlug mit der Hacke kleinere Holzspäne und schleppte die Scheiter aus dem Schuppen ins Wohnzimmer, wo der Thermostat unglaubliche vier Grad (!) anzeigte. Mein Ficus Benjamin hatte vor Kälte bereits angefangen, sein Laub zu verlieren. Ich zog die Matratzen aus dem Schlafzimmer ins Wohnzimmer, entzündete Kerzen und wollte ganz romantisch mit meinem Mann vor dem Kamin die Nacht verbringen.

Nun ging's ans Feuermachen. Ich holte mir aus der Papierkiste Unmengen an Zeitungen und setzte mich fröstelnd vor den Kamin, um mit dem zerrknüllten Papier Feuer zu machen. Es waren Zeitungen und Journale, die ich vor Wochen gedankenverloren und stressbedingt weggeschmissen hatte und die plötzlich mein Interesse weckten.

In einem Feuilleton war von einer vergessenen Inka-Kultur die Rede, deren Schriftzeichen man erfolgreich entziffern konnte. Eine archäologische Sensation! Dann ein Bericht über den Koran und die politischen Auswirkungen auf die europäische Kultur, Wirtschaftskrise und das Problem des Schweizer Franken. Wie einleuchtend, jetzt hatte ich das System endlich verstanden!

Das Wohnzimmer hatte nur noch zwei Grad. Mir wurde aber immer wärmer.

Ein neues Buch über „unsere" Kaiserin Maria Theresia und ihre Reformen wurde in einem anderen Magazin präsentiert. Ich sog, nein, ich fraß die Berichte und Essays wie ein ausgehungerter Wolf in mich hinein und vergaß tatsächlich aufs Heizen! Wer konnte so etwas Informatives und Interessantes zum Unterzünden verwenden, nur um schnöde Wärme zu erhalten? Ich nicht!

Weiter ging es. Eine medizinische Fachzeitschrift über den Zusammenhang von Stoffwechselerkrankungen wie Diabetes und eingeschränkten Hypothalamusfunktionen. Jetzt war mir klar, mein täglicher Griff in den Kühlschrank war hormon- beziehungsweise stressbedingt. Eine erlösende Einsicht, nicht mein Magen, mein Hypothalamus war schuld an meinem Übergewicht!

Ich las wie eine Verrückte. Kuba-Krise beendet, Syrien-Konflikt eskaliert, von Wetterkapriolen an der Ostküste Amerikas und über die politischen Hintergründe des Hypo-Untersuchungsausschusses.

Also hatte vielleicht doch der jüdische Geheimdienst seine Finger im Spiel, um das Haider-Regime zu vernichten? Amüsiert legte ich das Fachjournal zur Seite, sogar seriöse Journalisten glaubten an diesen verschwörungstheoretischen Schwachsinn. Ich nahm mir die nächste Lektüre vor.

Unbemerkt hatte sich nach der Arbeit mein Mann zu mir auf die Matratzen im Wohnzimmer niedergelassen, mit Mantel, Schal und Handschuhen. Er beobachtete mit Genuss meine unersättliche Gier nach Wissen und Information.

Wir verzichteten auf ein heißes Bad bei Kerzenschein, auf ein ayurvedisches Erotikmenü und schliefen eng umschlungen und glücklich bei einem Grad über null in unserem Deckenverschlag ein.

Denn nichts ist nach der Meinung meines Mannes erotischer in einer Beziehung, als einen intelligenten Partner an der Seite zu haben!

Erziehung funktioniert mit simplen Methoden,
Ablenkung und Erpressung. Jugendliche brauchen
dabei klare Regeln und Anweisungen.
Woher ich diese Weisheit beziehe? Aus der Hundeschule.

DAS DREI-PHASEN-MODELL EINER RICHTIGEN PÄDAGOGIK

Es gibt Phrasen beziehungsweise Worthülsen in der Erziehung, auf die sollte man tunlichst verzichten, weil sie sinnlos sind und zu keinem nachhaltigen Ergebnis führen.

Die fünf Wörter „Bitte, räum dein Zimmer auf!", die jede Mutter und das kindliche Gegenüber zur Weißglut bringen, kann man sich also ersparen.

Ich habe es probiert, glauben Sie mir, bin aber an meinen eigenen Kindern gescheitert.

Drei Wochen vor Schulbeginn

„Schatz, hättest du die Liebenswürdigkeit, endlich dein Zimmer aufzuräumen?" Meine Stimme klang ganz und gar nicht liebenswürdig, eher zynisch bis bedrohlich. Seit Schulschluss waren bereits sechs Wochen vergangen und mein pubertierender Sohn hatte immer noch keine Zeit gefunden, sein Zimmer aufzuräumen.

Ständig gab es Ausreden. Er musste zu diversen Musikfestivals, traf sich mit Freunden, fuhr mit einem Wohnmobil durch halb Europa und war dem lästigen Wunsch seiner kontrollsüchtigen Mutter in keiner Weise zugänglich.

Dabei war ich in den vergangenen Jahren, was Ordnung und Sauberkeit im Haus betraf, ohnehin bescheiden geworden. Ich wollte eigentlich nur die Türe seines Zimmers wieder öffnen können, um mir einen schmalen Weg durch Schuhe, schmutzige Sweater und alte vergammelte Schulsachen zu erkämpfen.

Nach meiner eindringlichen Bettelei entschied ich mich für ein Drei-Phasen-Modell, das bei meinen anderen Söhnen immer geholfen hatte:

1. Vernünftig reden
2. Wutanfall
3. Eiskalte Bestechung

Erste Phase: Das Vernünftig-ins-Gewissen-Reden

„Schau, mein Lieber, bevor die Schule wieder beginnt, sollte Ordnung in deinem Zimmer herrschen. Äußere Ordnung ist immer auch ein Zeichen für innere Ordnung. Gib dir einen Ruck und fang damit an!"

„Ich brauche keine Ordnung, ich brauche Chaos, Mama!", konterte er. „Du tötest jede Kreativität in mir, wenn du verlangst, dass alles an seinem Platz ist! Außerdem möchte ich mein Zimmer gänzlich neu gestalten."

„Wirklich? Das ist fein! Wie denn?", fragte ich ihn in der Hoffnung, nun doch endlich auf Verständnis zu stoßen.

„Der Schreibtisch gehört hinaus, auch Fauteuil und Vorhänge. Nur bei den Farben der Wände bin ich mir noch nicht ganz sicher. Lass mir eine Woche Zeit!"

„Gut, einverstanden, nur fang endlich damit an!"

Constantin fing auch sofort mit den Aufräumarbeiten an. Befriedigt stand ich in der Küche und hörte aufgeregtes Treiben in seinem Zimmer. Das Hämmern, Bohren und Sägen hörte aber nach knapp einer Stunde jäh auf. Nach einem längeren Telefonat war der Enthusiasmus wie ein Täubchen entflogen und mit ihm auch mein Sohn, er müsse kurz seine Freundin besuchen.

Zwei Wochen vor Schulbeginn

Zweite Phase: Der Wutanfall

Die Zimmertüre konnte nur mehr einen winzigen Spalt breit geöffnet werden. Aus dem Raum strömte mir ein unangenehm-abgestandener Schweiß- und Aasgeruch entgegen.

Constantin war zu diesem Zeitpunkt ins Wohnzimmer übersiedelt und hatte dort sein Lager aufgebaut. Da er selbst nicht mehr in der Lage war, die Türe seines Zimmers zu öffnen, hievte er über eine Leiter allerlei Utensilien wie Farbkübeln, Holzkisten und sonstige Materialien durch das Gartenfenster in sein Zimmer.

„Bist du von Sinnen? Was machst du da?", schrie ich ihn an.

„Ordnung! So, wie du es gesagt hast!", schmetterte er mir ins Gesicht.

Ich pendelte zwischen Sorge um mein Haus und roher Gewalt. „Das wird ja immer schlimmer! Mittlerweile gleicht dein Zimmer einer Mülldeponie! Außerdem stinkt es darin, wie in einer Tierkörperverwertung! Vielleicht verwest unter deinem Bett eine tote Maus, die dir die Katze hereingebracht hat."

„Die Katze frisst die Mäuse immer draußen im Stall, Mama!", gab er beleidigt zurück.

„Das glaubt das Viech bei deinem Zimmer offenbar auch! Also nimm die Kartonschachteln und ordne dein Zeug! Gleichzeitig sortierst du deine Wäsche, damit wir einen Teil der Caritas geben können. Der andere Teil kommt zur Schmutzwäsche! Dann überziehst du dein Bett, saugst den Boden und räumst die Bierdosen weg, sonst breche ich mit einer Eisenstange einfach dein Zimmer auf."

„Was hat das mit Kreativität zu tun?", fragte er.

„Ich pfeife auf deine Kreativität!!!", brüllte ich zurück.

(Hier bediente ich mich eines Fäkalausdrucks, der mir aus stilistischen Gründen vom Lektorat gestrichen wurde. Ich vertraue auf die Fantasie des Lesers.) „Ich will ein sauberes Haus!!!!"

Constantin drehte sich um und ließ mich tobend zurück, ich sei „voll unchillig"!

Gott, wie ich dieses Wort hasse!

Eine Woche vor Schulbeginn

Dritte Phase: Die Bestechung

Zu diesem Zweck kaufte ich eine riesige Schultüte.

In meiner zwanzigjährigen Laufbahn als Mutter und Nachhilfelehrerin hatte ich meinen Kindern niemals Schultüten gekauft. Ich sah nicht ein, warum man den Hunger nach Bildung mit Schokolade und Süßigkeiten befriedigen sollte und nicht mit Büchern. Ich wusste, mit dieser süßen Bestechung würde ich Constantins „Kreativität" unterwandern und endlich für Ordnung sorgen.

Ich hatte mich getäuscht.

Mit der Schultüte in der Hand öffnete ich strahlend vor Glück die Eingangstüre. Ein beißender Lackgeruch stach mir in die Nase.

Constantin rannte mir aufgeregt entgegen, er hätte meinen Traum wahrgemacht, es sei im Leben eben immer alles eine Frage des gegenseitigen Verständnisses. Ich ahnte Böses.

Mit einem lauten „Tamtarata!" öffnete er die Türe seines Zimmers.

Der Schreibtisch war zersägt und die Bretter zu einer Stellage umfunktioniert. Als Schreibfläche dienten nun vier parallel zusammengestapelte ÖBB-Holzpaletten, die mit rotem und schwarzem Lack besprüht waren. Die Lackspur dehnte sich auch auf die Seitenwände und den Plafond aus, um sich zu überdimensionalen Graffiti zu formen. Die Lampe war im Zuge der Umbauarbeiten zerstört worden, es hing nur eine kleine „Russenbirne" von der Decke.

„Geil, nicht?" Breitbeinig und stolz stand er im Zimmer und betrachtete sein Werk.

Von den Eindrücken völlig erschlagen, musste ich mich kurz am Türrahmen festhalten, ich schnappte nach Luft. Als dann noch mein geliebter Ehemann die Kreativität und den Einfallsreichtum seines Sohnes bewunderte, gab ich auf.

Resigniert setzte ich mich ins Badezimmer und aß ganz „chillig" die Schultüte alleine auf.

Die hatte ich mir nämlich schon längst verdient!

Die nervenaufreibendste Zeit im Leben von Eltern ist die Schulzeit.
Ist die eigene endlich vorbei, lässt der Nachwuchs grüßen und ebenso
zu wünschen übrig. Ständig ist man mit Sinus- und Cosinuskurven,
unfertigen Nähpölsterchen und vergammelten Jausen konfrontiert.
Dazwischen fungieren Eltern als einfühlsame Mediatoren zwischen
beleidigten Pädagogen und angefressenen Kindern.

DAS EINMALEINS ZUM SCHULBEGINN

Ich stand mit etwa vierhundert kampfbereiten Müttern und einigen etwas verloren dreinblickenden Vätern vor überdimensionalen Wühltischen in einem Papierfachgeschäft und quälte mich durch Unmengen an linierten und karierten Heften.

Ein neues Schuljahr hatte bereits begonnen, und das nicht, wie üblich, im September, sondern gleich nach Pfingsten, zumindest was günstige Schreibutensilien betraf.

Mediale Ratschläge, man solle gerade zu Schulbeginn ruhig bleiben, keine Nervosität zeigen, die Kinder langsam auf den Ernst des Lebens vorbereiten, hatte ich in meiner Raffgier nach Linealen, Filzstiften und Heften einfach verdrängt.

Während sich mein ältester Sohn in der elendslangen Schlange vor der Kassa als Platzhalter anstellen musste, wühlte ich mich durch meterhohe Stellagen, um die Einkaufslisten meiner Kinder abzuarbeiten. Die zwei mittleren Burschen veranstalteten inzwischen mit anderen Kindern eine Radiergummischlacht. Klein Manuel jammerte im Wagen und schrie nach einem coolen Energydrink, den er aber nicht bekam.

Ja, es herrschte Krieg! Und ich, Mutter Courage, war mittendrin!

Los ging es:

15 linierte Quarthefte (20 Blatt <u>ohne</u> Korrekturrand)
20 linierte Quarthefte (40 Blatt mit Korrekturrand)
30 Schnellhefter mit linierten Einlagen
15 linierte Collegeblöcke A4
25 linierte A4-Hefte (20 Blatt mit Korrekturrand)
23 linierte A4-Hefte (20 Blatt <u>ohne</u> Korrekturrand), dazu passende Umschläge in rot, grün, gelb und farblos

Mit hochrotem Gesicht kämpfte und stieß ich mich durch die brodelnden Menschenmassen. Wo waren jetzt nur diese verdammten Heftumschläge? Meine zwei Radiergummikinder saßen bereits auf einem Stapel Druckerpapier und warfen von oben aus Spitzer und Tintenpatronen in die Schlacht.

Der Kampf ging weiter:

9 karierte A4-Hefte (20 Blatt mit Korrekturrand)
13 karierte A4-Hefte (40 Blatt <u>ohne</u> Korrekturrand) plus ein rosa Umschlag

Ein rosa Umschlag?! War der Geografielehrer etwa schwul? Auch egal, weiter!

13 linierte A5-Hefte (10 x 20 Blatt <u>ohne</u> und 3 x 40 Blatt mit Korrekturrand)

„Kann mir hier irgendjemand sagen, wo die Vokabelhefte liegen?", brüllte ich verzweifelt in den Verkaufsraum. Ich verlor in Anbetracht des üppigen Angebots gänzlich meine Contenance.

„Neben den Druckerpatronen beim Geschenkpapier!", vernahm ich dumpf eine weibliche Stimme, irgendwo aus der Abteilung für Taschenrechner.

Himmel, Arsch und Zwirn! Ich war am besten Weg durchzudrehen!

Weiters waren zu besorgen: Federpenale in unterschiedlichen Farben, sonst würde wieder gestritten werden, Bleistifte, Füllfedern und Tintenpatronen. Und, ja, unbedingt Radiergummis! Leider waren keine mehr in den Schütten, die Burschen hatten bereits alle verschossen. Sie saßen mittlerweile auf den Bene-Ordnern und bastelten sich Masken aus Geschenkpapier.

Ich lag am Boden, suchte und pickte wie ein Huhn die kleinen rot-blauen Tausendsassa auf.

Da griff plötzlich eine feste Hand nach mir.

„Bitte, *bitte!*", stöhnte ein älterer Herr, der erschöpft neben mir auf dem Boden saß. „Würden Sie vier Radiergummis gegen zwei A4-Collegeblöcke tauschen? Ich kann keine mehr finden!"

Es war an und für sich ein Geschäft zu meinen Gunsten, ich lehnte aber trotzdem dankend ab. Meine Collegeblöcke würde ich um nichts auf der Welt tauschen. Mich noch einmal diesem Kaufrausch aussetzen zu müssen, würde ich nervlich nicht mehr durchstehen.

„Bitte!!!", flehte er mich wieder an, ohne Collegeblöcke getraue er sich nicht nach Hause, er fürchte um sein Leben. Er litt offensichtlich unter dem gleichen Druck wie ich.

Ich hatte Mitleid und tröstete den Schluchzenden. „Ich verstehe Sie so gut, Sie haben Angst vor Ihren Kindern, die sind wahrscheinlich dieselben Scheusale wie meine!"

„Angst? Nein, gute Frau, Panik! Meine Frau wird mich erwürgen!"

„Ihre Frau?", fragte ich irritiert.

„Ja, meine Frau! Sie ist Lateinprofessorin, eine scheußliche Cäsarin!"

Um Gottes willen, der arme Mann tat mir unendlich leid. Schwerfällig halfen wir einander aufzustehen und ich gab ihm großherzig meine Collegeblöcke.

„Haben Sie vielleicht ein Beruhigungsmittel für mich?", bettelte ich ihn wiederum an, jetzt müsste ich noch mindestens eine halbe Stunde weitersuchen.

„Ich danke Ihnen, Sie haben mir das Leben gerettet!", meinte er. Doch noch während er in seiner Manteltasche nach der ersehnten Tablette suchte, wurde er von einem Tsunami hysterischer Mütter von mir weggespült.

Das Karussell drehte sich weiter:

7 Bene-Ordner A4, breiter Rücken
4 DUO-Mappen, gelb, A4, aus Karton

Das gab mir nun endgültig den Rest.

DUO-Mappen?! Wozu, um Gottes willen, brauchten die Kinder *DUO-Mappen*?

„Verfluchte Schule! Idiotische Mappen und Gott verdammtes Bildungssystem! Warum muss denn alles so kompliziert sein? Und wo krieg ich jetzt ein Valium her?", schrie ich in die staunende Menge.

„Mama! Mama! Wach auf!", rüttelten unsanft zwei Hände an mir, ich fuhr schweißgebadet aus meinem Bett hoch.

„Hast du die *DUO-Mappen* gefunden?", fragte ich mit zittriger Stimme in zwei verdutzte Augen.

„Du hast nur geträumt, Mama! Beruhige dich. Ich habe die Matura doch längst bestanden."

Erschöpft ließ ich mich wieder in die Kissen zurückfallen und atmete erleichtert auf.

Der Herr sei gepriesen!

Trotzdem fing es wieder in mir zu rattern an: Morgen muss ich zum Finanzamt wegen der Kinderbeihilfe und der ECTS-Punkte, die mir meine Söhne noch immer nicht von der Uni gebracht haben, dann zur Gemeinde wegen des Meldestempels für die Freifahrten und anschließend zur Bezirksstelle meiner Sozialversicherung wegen Um- und Abmeldungen in diversen Studentenwohnheimen.

Ich sag's ja immer, es gibt nichts Schöneres, als Mutter zu sein.

Neid und Lüge sind in einer humanistisch geprägten Erziehung
verwerflich! Umso mehr, als die pädagogischen Vorbilder
Maria Montessori und Rudolf Steiner heißen.
Trotzdem ist es dann und wann erforderlich,
kleinere Geheimnisse zu haben und diese auch zu hüten,
um als Elternpaar überleben zu können.
Wir lieben unsere Kinder, ehrlich!
Doch wenn sie uns mit einem Besuch beehren, gilt die Devise:

ACHTUNG, DIE KINDER KOMMEN!

„Was machst du da?", fragte mich Odysseus, als er die Küche betrat.

Ich stand auf einem wackeligen Sessel und versuchte meinen unsportlichen Körper über den Geschirrspüler auf die Fensterbank zu hieven, um die Stellage oberhalb des Kühlschranks zu erreichen.

„Blöde Frage! Ich suche, wie du siehst!", gab ich zurück.

Mir rannen vor Anstrengung bereits die ersten Schweißperlen von der Stirn.

„Und was, wenn ich fragen darf?"

Mein Mann war einiges von mir gewöhnt, aber seine Frau in dreieinhalb Meter Höhe anzutreffen, irritierte ihn doch.

„Meine Zigaretten!"

„Du solltest damit aufhören! Ehrlich!"

„Mit dem Rauchen?"

„Nein, mit dem blöden Herumklettern!"

„Kann ich nicht! Ich muss sie finden, ich werde sonst wahnsinnig!"

Odysseus verließ den Raum und stand kurze Zeit später

keuchend mit einer vollen Packung vor mir: „Ich habe sie gefunden!"

Vorsichtig kletterte ich vom Kühlschrank herab und riss gierig die Folie auf: „Wo waren sie denn um Gottes willen?"

„Bei den Waschmitteln, im Regal unter dem Trockner!", erklärte er mir mit einer Selbstverständlichkeit, die an Frechheit grenzte. An dieses Versteck hatte ich natürlich nicht mehr gedacht.

Nach den ersten Zügen hatte ich wieder meine innere Fassung gefunden und gab verwundert zu bedenken, entweder wirklich schon an Demenz erkrankt zu sein oder nur an stressbedingten Konzentrationsstörungen zu leiden. Es kam ja hin und wieder vor, dass ich mein Handy suchte und es nach einigen Anrufen vom Festnetz aus im Kühlschrank wiederfand. An den Wäschetrockner hatte ich nicht mehr gedacht. Odysseus nahm mich zärtlich in seine Arme und lachte.

„Lach mich nicht aus!", beteuerte ich. „Ich werde wirklich alt!"

„Nein, du wirst nicht senil! Ich habe die Zigaretten in einem leeren Putzmittelkarton in der Waschküche versteckt."

„Du bist der Beste!", ich küsste ihn innig. „Mit deiner Hilfe können wir sie immer wieder austricksen! Ist das nicht wunderbar?"

„In Zukunft musst du aber kreativer sein, mein Schatz! Unsere Kinder werden größer und auch intelligenter!", meinte er besorgt.

Ich versprach es ihm, griff in den Biokübel und holte einen Plastiksack heraus, in dem sich eine Flasche Prosecco befand.

„Prost! Auf dass wir sie immer wieder hinters Licht führen können!"

Siegessicher hoben wir die Gläser und tranken den Schaumwein.

Die lieben Burschen hatten mich und meine Verstecke längst durchschaut. Mein Prinzip, ab fünfzig nicht mehr suchen, sondern nur mehr finden zu wollen, hatte die Rasselbande ständig untergraben und meine geheimen Lager mit ihren Freunden schamlos geplündert. Nichts war vor ihrer Sucht sicher.

Sie brauchten auch nicht lange zu suchen. Sie fanden das heiß begehrte Nikotin hinter den Büchern der Bibliothek, unter meiner Matratze, auf den Vorhangstangen oder in einer leeren Kaffeedose. Nicht einmal das sicherste Versteck, der schmutzige Staubsaugersack auf der Dachbodenstiege, war vor ihren investigativen Angriffen gefeit.

Auch mein Mann hatte sich im Laufe der Jahre seine geheimen Lager gebaut. Eine halb leere Bierkiste hinter der Abfalltonne sollte die Jugendlichen auf eine falsche Fährte locken, der teure Whisky und der Cognac befanden sich nämlich in einer kleinen Schachtel in der Tonne.

Der heiß begehrte Rasierschaum und die Rasierklingen, um die um sechs Uhr morgens wahre Schlachten geschlagen wurden, hatte der brave Familienvater unter der Werkzeugbank im Keller verstaut. Meine teuren Haarshampoos lagerten in der Garage unter den Winterreifen. So war es auch kein Wunder, dass man mich des Öfteren abends und nur mit einem Badetuch bekleidet in die Garage huschen sah, um mir eine Handvoll Shampoo aus dem Versteck zu holen.

Dieser Zustand wird allgemein als Futterneid bezeichnet. Und darunter leiden Eltern mehrerer Kinder ständig.

Der leere Kühlschrank zum Beispiel füllte sich nach orgiastischen Einkäufen meinerseits stets mit zwölf Litern Milch, kiloweise Käse und Hunderten Joghurts und stand wie ein reich bestückter Christbaum da. Doch im Handumdrehen wurde dieser von meinen Kindern und deren ausgehungerten Freunden wieder kahlgefressen.

Ein kalter Braten zur Jause überlebte den nächsten Tag nicht, auch Suppen oder Eintöpfe wurden gierig verschlungen. Sogar das alte, vergammelte Huhn, das ich eigentlich für meine Hunde in einem Plastikgefäß vorbereitet hatte, fiel ihren Fressattacken zum Opfer.

Aus dieser Not hatten Odysseus und ich angefangen, alles und jedes vor unseren Kindern zu verstecken, um in dieser Familie überleben zu können.

Das brachte durchaus auch Vorteile mit sich.

Kamen unerwartet Gäste und standen wir wieder vor einer leeren Speisekammer, so konnte mein Mann zumindest den Schweinespeck kredenzen, den er beim Nachbarn im Holzschuppen gelagert hatte. Ich bot frisches Brot aus meinem Kleiderschrank an. Gurkerln und Senf hatten wir im Überfluss, im Bad unter den Handtüchern, also stand einer bäuerlich-rustikalen Jause nichts entgegen.

Unsere Söhne wurden erwachsen und zogen langsam aus. Einer nach dem anderen. Insgeheim freuten wir uns wie kleine Kinder auf den Zustand, endlich keine geheimen Lager und Verstecke mehr aufbauen und auch verteidigen zu müssen.

Langweilige Ruhe, Ordnung und Sauberkeit zogen fortan in unser Haus.

Die Kinder waren gegangen, unsere zwanghaften Neurosen aber blieben.

Denn wenn ein Handy klingelt und nur der leiseste Verdacht besteht, dass unsere Lieben uns mit einem Besuch beehren, brüllt Odysseus durchs Haus: „Achtung! Die Kinder kommen!"

Dann rennt mein geliebter Ehemann wie ein Wahnsinniger ins Badezimmer, versteckt Rasierschaum und Klingen im Keller, verräumt seine Manschettenknöpfe und überprüft seine Whiskeyvorräte in der Abfalltonne.

Ich wiederum sehe dem ganzen Spektakel gelassen zu,

denn ich habe mir schon seit langer Zeit einen geheimen Deckenverschlag am Dachboden gebaut, in dem ich meine Bücher, meine Schokolade und meine geliebten Zigaretten stangenweise horte.

Das nennt man wahre Elternliebe!

*Frauen sind bekannt für ihr ausschweifendes wie auch
effizientes Kommunizieren, verbal und nonverbal.
Es ist eine Gabe, allumfassend mit Augen, Ohren,
Mund und Händen wahrzunehmen und zu verstehen,
auch wenn uns das oft vom „starken" Geschlecht
ironisch vorgehalten wird. Frauen sind kommunikative
Multitasker. Nur manches Mal gehen sogar mir
die Wörter aus, was auch kein Problem ist,
wenn man(n) verstehen will.*

DAS DINGSDA-BUMSTI

Nach dem berühmten Eisbergmodell liegen zehn Prozent
unserer kommunikativen Fähigkeiten über der Wasserober-
fläche, im sichtbaren Bereich, und neunzig Prozent darunter,
also in den tiefen Abgründen menschlicher Beziehungen.

Die Sprache ist nur ein kleiner Teil der Kommunikation, der Rest des Verstehen-*Wollens* liegt in der nonverbalen
Kommunikation, der visuellen Wahrnehmung, dem per-
sönlichen Empfinden, eben dem, was die Psychologie als
Sympathie und Antipathie bezeichnet.

Und Letztere ist bei mir im Moment ganz besonders stark
ausgeprägt, wenn es um Elektrik, Installationen, Staub,
kurzum um meine neue Küche geht. Denn unsere gelieb-
te Glykolküche war nach den vielen Jahren tatsächlich aus
dem Leim gegangen.

Die Arbeiten an der Küche, die mittlerweile zu einer Groß-
baustelle geworden war, mussten fertiggestellt werden, und
natürlich fehlten Hunderte kleinere und größere Dinge, die
für eine rasche Beendigung der Arbeiten „lebensnotwendig"
waren.

Nach intensiven Diskussionen mit Maler, Tischler und Installateur über Silikonrohre, Holzdichtungen, Acrylkleber und Silikatfarben drückte mir mein geliebter Mann eine A4-große Liste in die Hand, die ich tunlichst rasch im nahe gelegenen Baumarkt abarbeiten sollte.

Der Maler und der Installateur könnten von den tropfenden Wasserhähnen und dem schimmelnden Mauerwerk nicht weg, und überhaupt, meinte mein Mann, dass so eine Handwerkerstunde weit teurer wäre als fünfzig verkaufte Bücher von mir. Ich wurde kurzerhand zum Lehrmädchen degradiert und sei deswegen abkömmlich, die Handwerker nicht.

„Ach ja, und noch etwas! Ganz wichtig! Kauf bitte auch zwei Unterputzdosen! Die brauchen wir für die neue Mikrowelle!", keuchte mir mein Mann in den Wagen, als er mir zwei leere Kisten Bier in den Kofferraum schob, die ich auch noch zu besorgen hätte.

Nach einer halben Stunde Fahrtzeit stand ich in dem überdimensional konzipierten Heimwerkerfachmarkt und fühlte mich wie Gretel im Wald – völlig orientierungslos. Dabei hatte ich nicht einmal Brotkrumen in der Tasche.

Ich verfluchte meinen Mann insgeheim, wollte mir aber keine Blöße geben und arbeitete mich langsam und konzentriert durch die Auftragsliste.

Sechzehn Rollen Tapeten mit Vlieskleber und Abschlussdekor, zwanzig Meter Holzleisten. „Um Gottes willen echtes Holz, nur ja kein Plastik oder Linoleum!", hörte ich den Befehlston meines Mannes im Hinterkopf. Dann Holzkleber und Achtzig-Millimeter-Dübeln inklusive Schrauben, dann noch Speziallack für die Heizkörper mit dazu passendem 0,15-Millimeter-Schleifpapier plus Holzbohrer und Silikontuben für die Abflussrohre.

Schweißgebadet hatte ich nach eineinhalb Stunden die Utensilien beisammen. Als ich bei einem Spiegel der Sanitärabteilung vorbeikam, schien es mir sogar, als ob sich mein Haar aufgrund der kognitiven Strapazen von alleine gekräuselt hätte. Trotzdem war ich ungeheuer stolz auf mich.

Nun fehlte noch eine Sache. Nein, nicht das Bier, das musste ich woanders kaufen.

Was war denn das doch gleich? Irgendetwas, das nicht auf der Liste stand, aber für die Mikrowelle von größter Wichtigkeit war. Ach ja, eben diese kleinen, runden Dinger, die man in den Verputz legen musste. Aber wie hieß das in der Heimwerkersprache? Verdammt, ich hatte das Wort vergessen.

„Sie schauen etwas orientierungslos aus, gnädige Frau, darf ich Ihnen helfen?", fragte mich ein junger, freundlicher Mann, der offensichtlich zum Verkaufsteam der Elektroabteilung gehörte. Er hatte meine Hilflosigkeit seit einiger Zeit beobachtet.

„Guter Mann, ich habe keine Ahnung, wie so ein Dingsda-Bumsti heißt, ich brauche aber zwei Stück davon!"

Er lächelte mich an und verstand rein gar nichts. Männer und das Eisbergmodell, eh klar!

„Fangen wir von vorne an. Hat Ihr Dingsda etwas mit Maurerarbeiten oder mit der Elektrik zu tun?", fragte er vorsichtig nach.

Mir war das alles schrecklich peinlich.

„Mit beidem!"

„Gut, noch einfacher für Sie. Ist es für den Innen- oder für den Außenbereich und können Sie es näher beschreiben?"

Ich errötete vor Scham und stotterte wie ein Schulmädchen, dass das Dingsda-Bumsti für die Küche ganz wichtig wäre. In seinen Augen sah ich, wie sich die Puzzleteile in seinem Gehirn langsam zusammenfügten: weiblich – groß – blond – nicht gerade die Hellste.

Ich ließ mich von seinem Blick nicht irritieren, nahm ihn

an der Hand und wir beide tauchten ab in die Tiefen meines kommunikativen Eisberges.

Mit Händen und Füßen beschrieb ich ihm das Dingsda-Bumsti.

Mmhh, es sei ganz wichtig zum Kochen, man könnte sich dabei aber nicht verbrennen, meist sei es aus Plastik, aus grauem Plastik, es könne aber auch weiß sein, aber immer rund und ungefähr acht Zentimeter im Durchmesser, versuchte ich den Gegenstand zu beschreiben.

„In dem Dingsda-Bumsti sind ein paar kleine Löcher drinnen, oben und unten. Da zieht man dann ein schwarzes und ein blaues Kabel durch, oder ist das gelb? Ich weiß es nicht. Den Kabelwirrwarr versteckt man dann mit dem Dingsda-Bumsti in der Mauer, danach kann man jedes Gerät in der Küche anschließen! Verstehen Sie, was ich meine?“

Das vormals fragende Gesicht des Verkäufers erhellte sich plötzlich: „Ich weiß, was Sie meinen! Sie brauchen *Unterputzdosen!!!*“

„*Jaaaaaaaaaaaaaaaaaaaa*! Sie sind ein Schatz!“ Ich umarmte ihn herzlich.

Auch Baumarktverkäufer sprechen die Sprache der Frauen! Wenn sie wollen! Großartig!

Als ich nach Hause kam, freuten sich die Handwerker über die richtigen Materialien und Ersatzteile. Mein Mann nahm mich in die Arme. „Chapeau! Das hätte ich dir nicht zugetraut!“

Ich mir schon, denn ich bin ein echtes Kommunikationsgenie!

Und das Bier?
Das hab ich leider vergessen!

Die sozialen Netzwerke und das Internet sind voll mit den abstruses-
ten spirituellen und pseudowissenschaftlichen Heilsangeboten.
Da liest man zum Beispiel, dass Kräuter weinen,
wenn sie zu Tee verarbeitet werden, oder Wasser lieber ayurvedisch
abgekocht sein sollte, weil es „linksdrehend"(?!)
gesünder ist als normales Leitungswasser.
Die neuesten Seminare beschäftigen sich mit der konfliktfreien
Kommunikation zwischen dem Ich und den energetischen
Schwingungen der eigenen Gebärmutter.
Ein Seminar, das übrigens auch Männern angeboten wird.
Bei all den spirituellen, religiösen und esoterischen Verirrungen wäre
ich selbst fast Opfer meiner Unvernunft geworden,
aber eben nur fast.

DIE WEIHNACHTSMONSTER

„Weißt du eigentlich, dass die Tiere in der Heiligen Nacht
mit den Menschen reden können?", verriet mir mein halbwüchsiger Sohn ein paar Tage vor Weihnachten.

„Woher hast du denn diese Weisheit?", fragte ich ihn, als
er mit Kübel und Besen in der Hand vorhatte, die Katzenkiste, den Hundekorb und anschließend den Hühner- und
Entenstall zu reinigen.

„Das hab ich im Internet gelesen!", meinte er selbstbewusst.

„Ach so, und du glaubst alles, was im Internet steht?"

„Ja! Das Internet lügt nicht, Mama! Die Tiere reden in
der Heiligen Nacht! Hundertprozent!", versuchte er mich
zu überzeugen.

Ich liebe Tiere! Ehrlich! Sie gehören in einen kinderreichen
Haushalt wie das Amen zum Gebet. Und doch, manches

Mal könnte ich sie erwürgen, erschlagen oder ersäufen, etwa dann, wenn mir die zwei lieben kleinen *Schnurrekätzchen* in die fein gebügelte Bettwäsche pinkeln oder die Hunde heimlich und leise in die Küche schleichen, um mir den vorbereiteten Braten zu stehlen.

Dann kenne ich kein Erbarmen. Laut fluchend brülle ich durchs Haus, dass ich bei der nächsten Gelegenheit meinem Zorn freien Lauf ließe, was mit Mord und Totschlag gleichzusetzen ist.

Natürlich tue ich nichts von beidem, denn wenn ich nach einem anstrengenden Tag müde auf das Sofa falle, kommen die felligen Vierbeiner und schmeicheln und schleimen sich wieder bei mir ein. Verflogen sind dann der Zorn und die böse Rache, denn es gibt nichts Angenehmeres als meine Hunde, die sich allabendlich um meine Beine schmiegen, oder Werner, meinen roten Kater, der genüsslich auf meiner Brust sitzt und mir schnurrend innere Ruhe verschafft.

Sogar die alte, neurotische Katze namens Semmerl schleckt mir liebevoll die Hand, um dann doch, wenig später, ihre wichtige Präsenz im Haus in Form eines kleinen Häufchens nicht in, sondern neben der Katzenkiste zu zeigen.

Vergangenes Jahr zu Weihnachten stand meine Freundin Fiona mit einer Flasche Prosecco in der einen und Cäsar, ihrem neuen Hund, einem kleinen, keifenden Chihuahua, in der anderen Hand vor der Türe. Jonas, ihr alter, treuer Dalmatinerrüde, hatte die ständigen Zellerneuerungskuren seines Frauchens stressbedingt nicht überlebt.

Während sie sich völlig erschöpft vom Weihnachtsstress auf meinem Sofa niederließ und gierig nach einem Gläschen Prosecco bettelte, hatte ihr unerzogener Köter bereits die halbe Schüssel Vanillekipferln verschlungen, die am Couchtisch stand.

Ich lief in die Küche, gefolgt von Cäsar, und suchte nach einem Geschirrtuch, um die Patzerei im Wohnzimmer wieder in Ordnung zu bringen. Hinterhältig verfütterte ich der kleinwüchsigen Kröte einen viertel Kilo Speck, wohl wissend, dass Cäsar bei der Heimfahrt seiner Natur freien Lauf ließe. Rache ist süß, und bei Chihuahuas eben fett.

Meine zwei Jagdhunde lagen gelangweilt und still, so wie es sich gehört, unter dem Tisch. Fiona trank ihren Prosecco, observierte beiläufig die Hunde und fragte mich irritiert, was ich meinen Tieren für eine Spezialnahrung angedeihen ließe. Das Fell meiner Katzen und Hunde sei glänzend, weich und fein. Ihr Schoßhündchen fresse nur gekochtes Kalbfleisch, maximal mit Eiern und Reis, und leide unter verschiedenen Nahrungsunverträglichkeiten, die ihr Leben nachhaltig erschwerten. Alles hätte sie versucht, bei den besten Ärzten und Homöopathen wäre sie gewesen. Sie verstünde nicht, warum ihr Hund nur struppige Haare hatte.

„Ja", meinte ich trocken und siegessicher, „du hast eben einen Stadtköter! Meine Tiere fressen die Überreste, die in der Küche anfallen. Kein teures Dosenfutter, keine Proteinnahrung und schon gar kein Kalbfleisch!"

So etwas stünde ausnahmslos Menschen zur Verfügung. Meine Tiere begnügten sich mit Reis und Nudeln von den Tellern der Kinder und am Sonntag gebe es maximal die gekochten Hühnerknochen aus der Suppe.

„Das kannst du doch nicht machen!", ereiferte sich meine Freundin: „Es ist doch Weihnachten, da sprechen die Tiere mit dir. An diesen heiligen Tagen musst du sie mit ganz besonderen Leckereien verwöhnen, damit sie dir das kommende Jahr wohlgesonnen bleiben! Das habe ich erst kürzlich im Internet gelesen."

Um Gottes willen! Jetzt fing sogar meine Freundin mit diesem esoterischen Schwachsinn an.

„Wohlgesonnen? So wie dein Hund? Du verwöhnst Cäsar

mit dem besten Fleisch und wie dankt er es dir? Mit Unverträglichkeiten und Durchfall! Ich denke gar nicht daran, meine Tiere zu verwöhnen! Die Viecher sollen froh sein, dass ich sie nicht umbringe, wenn sie mir die teuren Vorhänge zerreißen oder ihre wilden Spielchen zwischen Wohnzimmer und Küche treiben."

Ich sei abgestumpft und in höchstem Maße grausam, waren Fionas Worte, während sie ihrem Schatz einen sündteuren Kauknochen zwischen die Zähne schob. Und das auf meinem teuren Sofa!

Nein, ich bin kein Franz von Assisi! Ich will meine Tiere weder unterjährig noch am Heiligen Abend reden hören. Mir genügen vor und nach der Bescherung die Streitereien der lieben Verwandtschaft und das depressiven Geheule meiner Mutter. Da brauche ich mir nicht noch die Gehässigkeiten meiner Tiere anzuhören.

Was würden die wohl über mich sagen? Sicher nichts Gutes. Ganz im Gegenteil.

Meine Tiere würden die Gunst der heiligen Stunde nutzen und sich für mein ruppiges Verhalten rächen. Sie würden mich rücksichtslos an meine Lieben verraten.

Zum Beispiel, dass ich heimlich in der Garage rauchte, obwohl ich offiziell schon längst mit dem Laster aufgehört hatte. Dass ich verstohlen den Rasierer meines Mannes für meine schönen, glatt rasierten Beine benutzte und ich für gewöhnlich meinem verhassten Schwager vor dem Servieren heimlich in die Suppe spuckte.

Angst kroch in mir hoch, vielleicht hatten mein Sohn und meine Freundin doch recht. Die Tiere würden reden, und das zu meinen Ungunsten.

Ein Risiko, das ich nicht eingehen konnte, in Anbetracht dessen, dass eine friedliche Weihnachtsstimmung am Tisch mit dreißig aufgeheizten und emotional nicht belastbaren

Tanten, Schwestern und Ehemännern relativ rasch kippen konnte.

So blieb mir nichts anderes übrig, als den besorgten Bitten nachzukommen und meine Vierbeiner am Heiligen Abend und während der Raunächte mit besonders schmackhafter Nahrung zu erpressen.

Gleich am nächsten Tag kaufte ich Katzenkräcker, *Kitekat*-Dosen, feinste Leberterrinen, Hundeknochen, Kaustangen für weißere Zähne und guten Mundgeruch. Einfach alles, was meine Lieblinge glücklich machen und sie veranlassen würde, im wahrsten Sinne des Wortes, ihre Schnauzen zu halten. Die Hunde bekamen neue Schafwolldecken und die Katzen teuren, geruchsfreien Sand in ihre vormals stinkenden Katzenkisten.

Diese zusätzlichen Mehrausgaben belasteten mein Weihnachtsbudget natürlich massiv. Während sich die Familie am Heiligen Abend mit Würsteln und Sauerkraut begnügte, verschlangen die Katzen draußen in der Küche die teuren Saiblinge und die Kaviarbrötchen.

Den Hunden hatte ich als Amuse Gueule gegrillten Hummer, als Hauptgericht gedünsteten Karpfen nach Budapester Art und als Nachtisch gefrorenes Eis mit Hundeleckerlis kredenzt. Die beiden bekamen die schmackhaftesten Speisen, wussten sie doch am besten über meine abgrundtief schwarze Seele Bescheid.

Den Kindern zwang ich das Sauerkraut und die Würstel in den Schlund. Johannes musste sogar als Strafe die Weihnachtsfeier verlassen, er hatte heimlich von den Hundeschüsseln gegessen.

Also wer da noch schlecht über mich reden wollte, der würde in Zukunft sowieso aus dem Haus fliegen.

Weihnachten und die Raunächte sind vorbei und das neue Jahr hat begonnen. Alles läuft wieder in geordneten Bahnen. Meine Strategie ist nur *fast* aufgegangen.

Obwohl meine felligen Lieblinge ihre Schnauze gehalten haben, bereue ich das Wohlwollen mit meinen Tieren schwer.

Unsere mittlerweile übergewichtigen Hunde liegen nun nach Weihnachten schmollend auf ihren teuren Schafwolldecken und verweigern jegliche Nahrungsaufnahme. Sie fressen weder Reis noch Nudeln und knurren mich verächtlich an. Sie warten auf ihre Kaustangen und die frischen Steaks.

Werner, unser fetter Kater, der miese Opportunist, hat das Haus verlassen und ist zum Nachbarn übersiedelt, die haben genügend Dosen und Katzenleckerlis.

Und Semmerl, das süße kleine neurotische Nesthäkchen, liegt grantig und angeödet in der Krippe unter dem Christbaum. Sie wartet wie gewöhnlich auf ihren Lachs und hat aus Protest angefangen, den Heiligen Drei Königen die Köpfe abzubeißen.

Verdammt! Ich habe mir vier Weihnachtsmonster erschaffen! Wie konnte ich nur auf den Blödsinn hereinfallen, dass die Tiere in der Heiligen Nacht reden?

Nächstes Jahr wird wieder richtig Weihnachten gefeiert, mit Lachsbrötchen und gebackenem Karpfen. Nur – den isst dann meine Familie. Ich lasse mich nämlich nicht von meinen Tieren tyrannisieren!

Lieber höre ich mit dem Rauchen auf und spucke niemals mehr meinem Schwager in die Suppe!

*Wenn die Schwester meiner Mutter auf Besuch kommt,
hat sie stets einen Korb der größten und wohlschmeckendsten
Paradeiser mit. Von allen wird sie bewundert,
ist sie doch nicht nur eine gute Köchin und eine begnadete Gärtnerin, sondern auch eine ideenreiche Pragmatikerin, was gutes Essen
anbelangt. Warum ihre Pflanzen derart große Tomaten
hervorbringen, verriet sie irgendwann einmal meiner
Mutter und die wieder mir. Das ist auch gut so,
denn Kochrezepte sowie Geheimnisse über die richtige
Pflege und das Düngen von Pflanzen müssen äußerst diskret
weitergegeben werden. Ich verrate Ihnen dieses Geheimnis trotzdem.*

WOTAN UND DIE TOMATENPFLANZEN

Wie war das doch gleich in der Quantenphysik? Alles und jedes bedingt sich, zeitlich wie räumlich. Da fliegt irgendwo in Japan ein Schmetterling hoch und schon haben die in den USA einen Hurrikan. Ehrlich gesagt, ich habe das nie verstanden.

Meine Großmutter war zwar keine Physikerin, aber mit großem Hausverstand gesegnet. Sie erklärte sich dieses Phänomen mit den Worten: „Für Gott ist nichts unmöglich!"

Damit ist auch die Beziehung zwischen Göttervater Wotan, Tomatenpflanzen und einer gelungenen Ehe leicht erklärbar.

Meine Tante Lisbeth litt, nachdem ihre Kinder aus dem Haus ausgezogen waren, unter einem klassischen „Empty-Nest"-Syndrom. Ihr Tagesablauf spiegelte ihre innere wie äußere Eintönigkeit wider und mündete in einer mittelschweren Depression. In der Früh rappelte sie sich nur mit Mühe hoch, nahm ihre Blutdruckmedikamente, um anschließend das Frühstück für ihren Ehemann vorzubereiten. War Harald, ihr Mann, endlich aus dem Haus, fing sie an, die Fenster zu putzen und die Böden zu reinigen, die ohnehin vor Sauberkeit glänzten.

Während sie traurig die Kindefotografien am Klavier abstaubte und sich im Garten mit ihren Paradeispflänzchen abrackerte, hatte sich ihr Mann bereits ein neues Hobby zugelegt, einen Hund.

Aber nicht irgendeinen Hund, es musste ein standesgemäßer Vierbeiner sein. Denn Harald entstammte einer rechtskonservativen Familie, deren Geschichtsverständnis irgendwo zwischen dem österreichischen Ständestaat und dem Zweiten Weltkrieg hängen geblieben war.

Tante Lisbeth hatte grundsätzlich nichts gegen einen Hund einzuwenden, ganz im Gegenteil, so ein kleiner Racker hätte ihr die Traurigkeit mit seinen Späßchen sicherlich vertrieben. Doch wie sie sich auch sträubte und wehrte, Harald hatte wie üblich über ihren Kopf hinweg entschieden – ein reinrassiger deutscher Schäferrüde musste es sein.

Auch bei der Namensgebung des kleinen Welpen stieß Lisbeth bei ihrem Mann auf kein Verständnis. Ihre Vorschläge wie etwa „Schnauzi" oder „Flecki" fasste er als historische Provokation auf, die er brüsk von sich wies, und sprach fortan den Hund mit *Wotan* an. Wohl wissend, dass Lisbeth germanische Göttersagen im Allgemeinen und Nationalismen im Speziellen besonders bei der Namensgebung hasste.

Mit dem Hund zogen auch neue Gewohnheiten ins Haus ein. Denn das kläffende Scheusal hatte Haralds Herz fest im Griff, was dieser nicht nur mit den teuersten Hundeleckereien zum Ausdruck brachte. Das Tier und sein Halter schliefen auch fest umschlungen im gemeinsamen Ehebett. Lisbeth überließ dem Vierbeiner ihren Platz und übersiedelte in eines der leeren Kinderzimmer.

Obwohl Wotans durch und durch „arischer" Stammbaum beeindruckend war, stellten sich im Laufe seiner Entwicklung unübersehbare Degenerationsmerkmale ein. Der Hund hatte einen anatomisch verfremdeten Vorbiss und eine ausgeprägte Hüftdysplasie, die es ihm verunmöglichte, einfach sein Bein zu heben und an einen Baum zu pinkeln.

Ganz nach den Gewohnheiten seines Herrchens pfiff der Hund ebenfalls auf jede Form von Hygiene, kroch kotverschmiert auf dem Wohnzimmersofa herum und schmierte anschließend seinen ekelhaft riechenden Speichel in die teuren Vorhänge.

Als dann auch noch eine Glutenunverträglichkeit festgestellt wurde und in weiterer Folge akute Räude auftrat, die sich mit höchst unappetitlichen Flecken am Fell und ständigem Juckreiz äußerte, schien die traute Zweisamkeit meiner Verwandten völlig aus dem Gleichgewicht zu kippen.

Ganz ehrlich, meine geschätzten Leser und Leserinnen, wenn bei einem Hund Zöliakie festgestellt wird, hat das weniger mit dem Verdauungstrakt des Vierbeiners als mit der Psyche seines Hundehalters und mehr noch mit der Geschäftstüchtigkeit eines Veterinärmediziners zu tun. Logisch, dass ein Hund – vom Wolf abstammend – kein Mehl verträgt, auch keinen Hafer oder sonstige Arten von Getreidemüslis.

Harald hatte seiner großen vierbeinigen Liebe selbst gebackene Leberplätzchen fabriziert, worauf der Hund sich stundenlang übergeben musste. Vielleicht lag es auch daran, dass Harald einfach nicht kochen konnte. Der wohlgemeinte Ratschlag, den Hund einfach ein paar Tage aushungern zu lassen, um ihn danach langsam wieder an gekochte Rinderschlunde oder Mägen zu gewöhnen, erschien Harald als tierquälerisch und nicht zielführend. Lieber ließ er sich von dem fetten Rüden manipulieren und suchte Verständnis bei seinem geldgierigen Veterinär.

Auch Tante Lisbeths schön gepflegter Garten verwandelte sich im Nu in eine Spiellandschaft für den ungezogenen Vierbeiner. Wotan grub tiefe Löcher in die prachtvolle Wiese und verrichtete „sein Geschäft" direkt neben dem herrlich duftenden Rosenbeet. Als sich der Hund an Lisbeths Tomatenpflanzen zu schaffen machte und die herrlichen Früchte von den Stauden biss, reichte es ihr. Wütend hob sie ihre Gartenkralle und bedrohte den Rüden, der sich schutzsuchend zwischen Haralds Beine schob.

„Du kannst den Hund doch nicht in derart aggressiver Weise maßregeln!", brüllte Harald seine geschockte Ehefrau an. „Das Tier ist in seiner Prägephase, du verdirbst seinen Charakter!"

Doch Wotans deutscher Charakter war bereits verdorben, durch und durch.

So blieb der verzweifelten Tante nichts anderes übrig, als den Vierbeiner in eindringlichen Gebeten zu verwünschen und zu verfluchen.

Auf einem alten Baumstrunk im Garten hatte sie sich heimlich einen kleinen Altar gebaut, auf dem sie einen aus Erde geformten Fetisch aufstellte, der durchaus Ähnlichkeiten mit Wotan hatte. Ihren Kindern hatte sie bei Aggressionen einen Boxsack aufgehängt, warum sollte sie nicht auch einen kleinen geheimen Ort haben, um sich ihrer aufgestauten Wut zu entledigen? Und, ja, irgendein Heiliger würde sie schon erhören. Vielleicht gab es im Himmel jemanden, der sich ihrer Tomatenpflanzen erbarmte und ebenfalls Hunde hasste, zumindest so einen, wie Wotan einer war.

Es funktionierte, denn Wotans degenerierte Hüfte verschlechterte sich zusehends.

Harald verbrachte seine gesamte Zeit bei diversen Tierärzten, Chiropraktikern und Homöopathen, um dem Tier einen schmerzfreien Gang zu ermöglichen. Lisbeth konnte endlich wieder aufatmen. Während der Hund nach verschiedenen Operationen erschöpft in ihrem Bett lag, hatte sie endlich wieder Muße und Zeit gefunden, ihren Garten und ihre wunderbaren Tomaten zu pflegen.

Im Sommer, so hoffte sie inbrünstig, würde sie bei dem jährlich stattfindenden Dorfwettbewerb den ersten Preis für ihre schmackhaften Chutneys und Tomatensaucen erhalten.

Haralds hingebungsvolle Pflege für den Vierbeiner trieb die seltsamsten Blüten. Um die Hüfte zu schonen, wurde der Hund sogar zum Fressnapf getragen. Harald baute für Wotan einen Treppenlift in den Garten, ging ein paar vorsichtige Schritte und ließ den Hund seine Notdurft wieder bei Lisbeths Tomatenpflanzen verrichten.

Lisbeth eilte danach zu ihrem kleinen Altar und betete zu ihrem Rachegott. Wenn das nicht helfen sollte, wollte sie den Vierbeiner spätestens bis Weihnachten mit einem selbst gebrauten Belladonnaextrakt vergiften.

Doch dazu kam es nicht mehr, das fettgefressene Tier verstarb nach einer weiteren Operation friedlich in ihrem Ehebett. Herzinfarkt.

Haralds Schmerz war grenzenlos und Lisbeth empfand das erste Mal wieder so etwas wie Mitgefühl für ihren Mann, der stundenlang vor dem toten Hund saß und herzzerreißend winselte.

Da ein würdevolles Bestattungsritual seine exzessive Trauer etwas lindern würde, überzeugte Lisbeth ihren Mann, seinem Hund ein entsprechendes Begräbnis zu ermöglichen.

Nun war Harald wieder beschäftigt und verbrachte seine Tage mit intensiven Vorbereitungen für das Begräbnis. Er gestaltete eine Website, auf der sich Freunde und Bekannte in ein Kondolenzbuch eintragen konnten.

Er teilte seine Trauer auf Facebook und twitterte unter *#wotan* seine Erfahrungen mit dem Tod, was Tausende Follower veranlasste, unter *#wotan* ihre politisch höchst fragwürdigen Ansichten zu posten.

„Wie hast du dir die Begräbnisfeierlichkeiten vorgestellt?", fragte Lisbeth ängstlich. Sie sorgte sich nicht nur um Haralds schwächelndes Herz, sondern auch um die Kosten einer aufwendigen Bestattung. Ihre Furcht war berechtigt, denn der fettgefressene Koloss durfte nicht einfach im Garten verscharrt werden, sondern sollte fachmännisch eingeäschert werden.

Wotan wurde nach ein paar Wochen in einer großen schwarzen Metallurne in sein Zuhause rückgeführt und im Beisein von Freunden, Bekannten, Ärzten und Physiotherapeuten auf dem Altar von Lisbeth aufgestellt.

Bei der Trauerrede wandte sich Harald schluchzend an seinen Hund und meinte in die mitfühlenden Augen seiner Frau, er wolle später ebenfalls neben seiner großen Liebe begraben werden.

„Das ist so lieb von dir, dass du neben mir begraben werden willst!", meinte Lisbeth beim anschließenden Leichenschmaus. Nach dem Tod des Hundes, so ihre Hoffnung, wären auch wieder Liebe und Leidenschaft zu erwarten.

Harald würgte sein Schnitzel hinunter und mampfte Lisbeth an: „Sorry, ich habe nicht dich, sondern den Hund gemeint."

Nach einigen Wochen, Harald war auf Kur gefahren und wollte sich von seinem Schmerz erholen, überraschte der Briefträger mit einem Paket in der Hand Lisbeth bei der Gartenarbeit. Ihr Mann hatte sicher ein schlechtes Gewissen gehabt und ihr, seiner großen Liebe, ein Präsent geschickt, als Entschuldigung sozusagen. Verheißungsvoll riss Lisbeth die Verpackung auf und las den beigefügten Brief.

Sehr geehrter Herr Gruber!
Durch ein höchst unangenehmes Missgeschick konnte Ihnen am 4. Mai nur die Hälfte der sterblichen Überreste übermittelt werden. Aufgrund der Größe und des Gewichts Ihres Hundes war die von Ihnen zur Verfügung gestellte Urne zu klein. Daher senden wir Ihnen die zweite Tranche Ihres geliebten Wotans in dieser Schachtel zur weiteren Verwendung mit der Bitte um Überweisung des noch ausstehenden Betrages von Euro 412,–. Wir hoffen, Ihnen damit gedient zu haben, und verbleiben mit tief empfundenem Mitgefühl,
Ihr Bestattungsunternehmen
Das Hundeparadies

Lisbeth geriet ins Schwanken, sie musste sich kurz auf den Stecken ihrer Tomatenpflanzen stützen und rang nach Luft. Offensichtlich gab ihr dieses Mistviech bis über den Tod hinaus keine Ruhe. Natürlich wollte sie ihrem Mann davon nichts erzählen, Harald hätte einen Herzinfarkt erlitten!

Sie nahm die Asche des Hundes aus der Schachtel und bestäubte damit vorsichtig jede ihrer Tomatenpflanzen. Der Hund war sowieso zu nichts anderem zu gebrauchen als zum Düngen. Ein paar Liter Wasser dazu, und schon war das Viech „vom Erdboden verschluckt".

Die Paradeispflanzen dankten es Lisbeth, sie wuchsen wie verrückt und trugen im Juli die wunderbarsten Früchte.

Dank ihres Hundes konnte sich die Tante über eine zentnerschwere Tomatenernte freuen, die sie rasch zu köstlichen Chutneys und Tomatenmark verarbeitete.

Beim sommerlichen Dorffest bekam sie den lang ersehnten ersten Preis für ihre aromatischen Tomaten und krönte ihre spezielle Sorte mit dem klingenden Namen: *Solanum lycopersicum wotanis.*

Harald war unfassbar stolz auf Lisbeths Erfolg und biss gierig in die paradiesische Frucht.

„Ach, wenn das noch unser Hund erlebt hätte!", seufzte er.
Lisbeth streichelte Harald über die Schultern.
„Glaube mir, er lebt in diesen Früchten fort!"
So ist es mit der Quantenphysik, ein bisschen Staub da, ein
wenig Asche dort und schon funktioniert das Leben, weil,
wie schon meine Großmutter sagte, für Gott nichts unmöglich ist.

Für das nächste Jahr ist noch gesorgt, da wird Tante Lisbeth
die restliche Asche aus der Urne als Dünger ihr Tomaten
verwenden, und übernächstes Jahr? Da kommt eben der
Hund vom Nachbarn dran.

Das ist auch der Grund, warum ich meine Hunde nie mit
meiner Tante und meiner Mutter, dem General, alleine lasse. Bei diesen Damen kann man nicht vorsichtig genug sein.

Immer wieder kommt es an sonntäglichen Mittagstischen,
wenn sich die Großfamilie trifft, zu unangenehmen Spannungen
und Konflikten. Ironisches Gelächter oder ätzende Kommentare
bringen die Stimmung dann zum Kippen. Hier obliegt es mir als
„Maior Domus", möglichst rasch das Thema zu wechseln.
Das Interesse wird auf Missgeschicke anderer gelenkt,
meist nicht Anwesender, um sich darüber lustig zu machen.
Diese Strategie geht immer auf. Folgende Geschichte können
Sie gerne auch in Ihren Runden erzählen.

DER LEICHENSCHMAUS
ODER WIE ÖSTERREICH DEN
FREISTAAT BAYERN RETTETE

In Österreich funktioniert die Sozialpartnerschaft, trotz ständig wechselnder Regierungen. Das ist gut so und soll auch in Zukunft so bleiben.

Gewerkschaftlich vertretene Arbeitnehmer sind nach Tarifverhandlungen glücklich, auch mit ihren Arbeitgebern. Obwohl das Streikrecht ein in der Verfassung festgeschriebenes Grundrecht ist, wird es selten genutzt, um die jeweiligen Interessen durchzusetzen.

Und, mein Gott, gerne sieht man auch dann und wann darüber hinweg, dass so manche Gewerkschafts- oder Industriellenbosse nur allzu gerne ihre Urlaube auf den Cayman Islands oder in Panama genießen. Hauptsache, es wird nicht gestreikt.

Nicht so bei unserem geschätzten Nachbarn, denn Bayern litt 2015 unter einem lautstark auf den Straßen ausgetragenen Poststreik, der das ganze System auf den Kopf stellte. Das der Lebenden wie auch der Toten. Bayern ging in Streikwellen unter, wurde aber dank österreichischer Konsensualpolitik aus dem Schlamassel gezogen.

Meine geschätzte Tante Irene aus einem kleinen, idyllischen Dorf in der Nähe von Regensburg hat sich bis heute aber nicht ganz von diesem Schrecken erholt.

Der Tod ihres geliebten Ehemannes hatte sie nicht nur zur Witwe gemacht, noch schlimmer, sie hatte den Verstorbenen durch den Poststreik im wahrsten Sinne des Wortes „einfach verloren".

Die ganze Sache begann ganz harmlos.

Onkel Friedrich, ein zeitlebens höchst aktiver und prominenter Realpolitiker, verstarb an einem Schlaganfall. Da der korpulente Mensch – Onkel Friedrich hatte in seinen besten Jahren stolze hundertfünfzig Kilo auf die Waage gebracht – weder von sechs stattlichen Feuerwehrmännern noch vom Kameradschaftsbund getragen werden konnte, entschied sich Tante Irene, ihren Gatten einäschern zu lassen.

Dies brachte zweierlei Vorteile. Zum einen musste sich niemand mit ihrem Mann abquälen, dies hatte sie ja selbst ein ganzes Leben lang getan, zum anderen war der kleine Urnenplatz am Dorffriedhof bedeutend billiger als ein riesiges Ehrengrab.

Freude kam bei den Parteigenossen der CSU natürlich nicht auf, denn eine Urnenbestattung hatte nicht jenen pompösen Effekt, wie es sich der verstorbene Politiker eigentlich verdient hätte. Man respektierte aber den Wunsch der Witwe, schließlich wollte Tante Irene einen Teil der ersparten Kosten der Partei spenden und mit dem anderen Teil zumindest die Begräbnisfeierlichkeiten und den in Bayern traditionell opulenten Leichenschmaus würdevoll bestreiten.

In ihrem Fall bedeutete dies fünfzig geladene Ehrengäs-

te der CSU, hundert Personen aus unserer Familie, nebst
Freunden und Bekannten, den gesamten Gemeinderat samt
Sekretär und Bediensteten sowie fünfunddreißig Vertreter
der Presse. Daneben waren noch Ministranten, Pfarrer und
Mitglieder des Pfarrgemeinderates, der Feuerwehr und, wie
schon erwähnt, der gesamte Kameradschaftsbund eingeladen, obwohl Friedrich nie im Krieg war.

So ließ die Tante Onkel Friedrich in einem namhaften Re-
gensburger Bestattungsinstitut einäschern und erwartete
mit großer Geduld die Anlieferung der Urne, die sie sich
in Anbetracht der bereits entstandenen Kosten für Parten,
Kränze, Zeitungsannoncen und Verköstigungen günstig
durch die deutsche Post schicken lassen wollte. Sie erlag der
irrigen Meinung, mit dem Preis für die Paketsendung auch
deutsche Gründlichkeit und Verlässlichkeit gekauft zu haben.

Spätestens als der höchste aller Bosse, nicht Gott, sondern
der bayerische Ministerpräsident, sein Kommen ankündig-
te, hatte sich Irene mit dem Tod versöhnt und strahlte über
beide Ohren.
    Da der Friedhof die Menschenmassen nicht aufnehmen
konnte, wurde kurzerhand ein großes Partyzelt vor dem
Totenacker aufgestellt, in dem die Trauerfeierlichkeiten
und der anschließende Leichenschmaus stattfinden sollten.
Onkel Friedrich, so der Plan der Witwe, sollte ästhetisch
ansprechend unter Blumen und Parteifahnen auf einem
Granitsockel aufgestellt werden und den Reden seiner Par-
teifreunde ruhig und gelassen zuhören können.
    Bürgermeister, Freunde und Bekannte packten bei dem
Großereignis eifrig mit an und rieben sich heimlich die
Hände, denn dieses Begräbnis kurbelte nicht nur die regi-
onale Wirtschaft, sondern auch den schlummernden Frem-
denverkehr des Dörfchens an.

Das Begräbnis und der Leichenschmaus wurden bis ins kleinste Detail geplant und organisiert, allein der Hauptakteur fehlte. Denn während Friedrich sich in Regensburg friedlich zu Staub verwandelt hatte, verfing sich anschließend die Urne mit seinen sterblichen Überresten in dem unüberschaubaren Netz des bayerischen Poststreiks.

Das Land war wie in einem Ausnahmezustand, keine Briefe, keine Postkarten, keine Amazon-Pakete, geschweige denn Urnen wurden ausgeliefert. Sie lagen irgendwo in einem Zentrallager und warteten geduldig auf die Lösungskompetenz bayerischer Politiker und Gewerkschafter. Doch die kam nicht zustande, waren ja alle mit den Vorbereitungen zu Friedrichs Begräbnis beschäftigt.

Tante Irene rief hundertfach bei diversen Ämtern und Postbehörden an und erkundigte sich nach dem Verbleib ihres geliebten Mannes, doch landete sie bei ihren Nachforschungen stets in diversen Warteschleifen unterschiedlicher Serviceagenturen, die bekannt dafür sind, dass sie nie informieren, am wenigsten funktionieren.

In einer Woche sollte die Großveranstaltung stattfinden und Tante Irene wurde immer nervöser. Eine Verschiebung oder Absage wurde vom Gemeinderat und der Sekretärin des Ministerpräsidenten brüsk zurückgewiesen: „Unmöglich! Herr Seehofer reist mit Helikopter an, was glauben Sie, wie schwer es war, eine Landegenehmigung am Friedhof zu erhalten!"

In ihrer unfassbaren Not rief sie ihre Cousine Margarete in Wien an.

„Gretchen, du kommst doch hoffentlich zu Friedrichs Begräbnis, oder?"

„Natürlich, meine Liebe!"

„Kannst du so lieb sein und deinen Mann mitnehmen?", fragte Irene zögernd.

Grete wurde ärgerlich, ihr Mann war bereits vor Jahren gestorben und zierte nun als Urne den Kaminsims ihres Speisezimmers.

„Meinen Mann? Irene, du solltest einen Arzt aufsuchen, ich mache mir ernsthaft Sorgen um dich!"

Irene hatte ihren Vorschlag nicht gehört: „Bitte, nimm Herbert mit, du musst ihn mir borgen!"

„Irene, Herbert ist tot!", brüllte Grete in den Telefonhörer.

„Na, umso besser! Ich brauche ihn ohnehin nicht lebend!"

Die kleine Pietätlosigkeit klärte sich rasch auf. Cousine Grete sollte Herberts Urne zum Begräbnis mitnehmen, da das Packerl mit Irenes Mann aufgrund des Poststreiks einfach verloren gegangen sei. Sie bräuchte nun irgendjemanden auf dem Granitsockel, ihre und Bayerns Glaubwürdigkeit stünden auf dem Spiel. „Und deinem Mann ist es ohnehin egal, wo er steht!"

Ein Argument, dem nichts entgegenzuhalten war. Außerdem hatte Grete sowieso vor, ihr Speisezimmer neu zu gestalten und die unappetitliche Urne ihres Mannes endlich zu entfernen.

„Aber bitte, Grete, fahre nicht mit der Bahn! Am Ende streiken die auch noch! Fahre mit dem Auto, dann kommt Herbert auch sicher an, dafür brauchst du mir auch keinen Kranz oder Blumen zu schenken, du machst mir mit deinem Mann die größte Freud'!"

Zwei Tage vor dem großen Festakt kam Grete mit Mann im Gepäck verlässlich angereist. Auf uns Österreicher ist eben Verlass. Tante Irene jubelte.

Die Urne wurde auf den Sockel gestellt und zierte das große Festzelt. Nichts konnte nun den Feierlichkeiten und dem Leichenschmaus im Wege stehen. Alle waren glücklich, der Pfarrer mit seinen Ministranten, der Bürgermeister mit seinen Bediensteten und auch der Wirt mit Bier und seinen tausend Weißwürsten und Brezen.

Der Ministerpräsident kam tatsächlich mit dem Helikopter wie Gott aus dem Himmel angeflogen, hielt eine einfühlsame Rede über den Verstorbenen und in weiterer Folge eine Brandrede über Demokratie, Streik und die Widerstandskraft des bayerischen Volkes in dunklen Zeiten. Gekrönt wurde die Veranstaltung mit der Bitte, die Urne zum Zeichen deutscher Größen in der Gedenkstätte von Walhalla aufstellen zu dürfen.

Irene und Grete stimmten geschmeichelt zu.

Grete hat ihren Mann an Bayern verschenkt. Ihr ist dieser Schritt recht leicht gefallen, immerhin ist sie Österreicherin und durch die gelebte Kultur einer Sozialpartnerschaft stets an gemeinsamen Lösungen interessiert. Sie hat durch ihre großzügige Geste nicht nur ihre Cousine, sondern ein ganzes Land gerettet. Insgeheim war sie froh, dass sie Herbert endlich los war.

Das Paket mit den sterblichen Überresten von Onkel Friedrich wurde übrigens niemals gefunden. Es irrt wahrscheinlich irgendwo zwischen Panama und den Cayman Islands umher.

Was wäre Weihnachten ohne den Duft von Zimt und Nelken? Oder ein besonderer Tag ohne den Geschmack von Schokolade? Ich gebe mich diesen sinnlichen Gaumenfreuden gerne hin, auch auf die Gefahr, dass mich Rumkugeln zu einem Monster werden lassen. Warum, verrate ich Ihnen in der folgenden Geschichte.

DER ZAUBER AUS RUM UND SCHOKOLADE

Das Geheimnis eines gelungenen Festes liegt in seiner Vorbereitung. Ich nehme mir dafür immer ausreichend Zeit. Das Menü richte ich ganz nach den Wünschen meiner Gäste aus, den Tischschmuck stimme ich ab auf die saisonalen Gegebenheiten, außerdem führe ich einige Telefonate, damit ich auch auf dem neuesten gesellschaftlichen Stand bin.

Einmal ist es mir nämlich passiert, dass ich eine Bekannte herzlich begrüßte und sie nach dem Verbleib ihres geschätzten Mannes fragte, worauf sie sich schluchzend in meine Arme warf, sie sei seit einem Monat Witwe. Solche Situationen sind unpassend und peinlich. Eine Gastgeberin weiß immer alles und ich, die „Grabnerin", sowieso.

Vor einem Jahr lud ich die Damenrunde aus dem Tennisverein ein. Ein Pflichttermin mit doppeltem Nutzen. Zum einen war der Kelch gegenseitiger Einladungen immer an mir vorübergegangen und so musste ich wohl oder übel meiner gesellschaftlichen Verpflichtung nachkommen und selbst Gastgeberin spielen. Zum anderen fällt mein Geburtstag in die Adventzeit, somit konnte ich mir eine überflüssige Weihnachtsfeier im Club ersparen.

Wie üblich erstellte ich minutiös eine Gästeliste und machte mir Gedanken über das Essen. Weil Themenabende überaus beliebt sind, kam ich auf die Idee, meine Damenrunde auf eine Zeitreise mitzunehmen, und gab dem Abend den klingenden Namen „The Seventies".

Ich durchstöberte meine alten Vinylschallplatten und holte den verstaubten Plattenspieler aus dem Keller. Mit ABBA, den Stones, AC/DC und Led Zeppelin durften sich die Damen an diesem Abend wieder wie fünfzehnjährige Schulmädchen fühlen. Für die musikalisch Anspruchsloseren unter ihnen fand ich sogar noch Platten von Roy Black und Peter Alexander.

Auch die Getränke waren ganz nach der Art der Siebziger. Das berühmte „Rüscherl" zum Beispiel, ein penetranter Mix aus Rotwein und Cola, das „Baucherl", Cola mit Rum, und last but not least Campari Orange, *das* Urlaubsgetränk, das sich jede Schülerin damals leisten konnte. Als kleine Snacks wollte ich Toast Hawaii und als Krönung des Abends ein Dessert kredenzen, das auf heutigen Speisekarten kaum mehr angeboten wird, einen Bananensplit mit Unmengen an Schlagobers.

Ich war mir sicher, nach diesem Abend würde man mich jedes Doppel am Tennisplatz gewinnen lassen.

Für eine besondere Überraschung sollten kleine Papiersäckchen sorgen, in die ich für jede Dame sieben Stück *Casali*-Rumkugeln steckte. Die Freude war übergroß, ich konnte den Abend kaum erwarten.

In einer Stunde waren die Damen angesagt. Ich deckte den Tisch, schmückte den Raum mit Luftballons und überprüfte die Platten und den Plattenspieler. Alles war perfekt.

Dann bereitete ich die Toasts mit Schinken und Ananasscheiben und die Bananensplits vor. Im Nu war ich fertig und rieb mir die Hände. Es sah alles fantastisch aus. Die zwanzig Schokoladesäckchen mit den Rumkugeln würden das bezaubernde Ambiente versüßen.

Ich ging in die Speisekammer und holte den Korb mit

den vorbereiteten Präsenten heraus. Jedes einzelne Überraschungssäckchen hatte ich sogar mit dem jeweiligen Namen der Tennisfreundin versehen.

Ich ging von einem Vorrichteteller zum nächsten, las die Namen und stellte die süßen Verführungen darauf.

Für Erna, Berta, Lilly, Sophie, Ulrike, Renate, Ingrid, Sonja, Elisabeth … und zum Schluss für Katharina. Vorsichtig legte ich das letzte Säckchen auf meinen Teller.

Bei näherer Betrachtung schien es mir, als wäre eine der sieben Rumkugeln etwas lädiert. Gut, bei so vielen Gästen konnte nun wirklich niemand nachzählen, also öffnete ich die Packung und aß die Kugel auf.

Mein Gott, war die köstlich! Zuerst die zartbittere Schokolade am Gaumen, dann ein leichtes Knistern und schlussendlich der berühmte Knacks, nach dem sich der Rum über die Zunge ergoss. Der Geschmack warf mich sofort zurück in die Siebziger, ein herrliches Gefühl von unbeschwerter Freiheit. Doch die Wirkung hielt nicht lange an. Ich war dermaßen verzückt, dass ich gierig in die Verpackung griff und mir die nächste Kugel in den Mund schob. Und wieder war es da, dieses Schmelzen, Knistern und Knacksen.

Meine Geschmacksnerven entführten mich an die weißen Sandstrände Kretas, wo ich von einem Griechen begehrt und – zack, die nächste Kugel hüpfte in den Mund – auch geliebt wurde.

Als ich verträumt die Augen öffnete, war mein Säckchen leer. So schnell kann es mit der Liebe gehen, wie ein Windhauch waren meine schönen Gedanken verflogen und mit ihnen auch mein Grieche.

Egal, ich hatte ja noch eine Packung, am Teller meiner Freundin Sonja. Die sollte sowieso keine Rumkugeln essen, weil sie mit ihrem Gewicht kämpfte. In zwei Sekunden war auch ihre Packung aufgerissen und sogleich verschlungen, immerhin wollte ich wissen, mit wem ich es da eigentlich auf dem Strand getrieben hatte. Ich wollte meinen Griechen gerade fragen, als der Traum auch schon wieder vorüber war. Die nächsten Kugeln sprangen in den Mund, ein Säckchen nach dem anderen.

Als ich aus meinen erotischen Fantasien erwachte, zeigte sich die Tischdekoration in brutaler Asymmetrie. Jeder dritte Dessertteller war nun leer. Gut, das konnte eine erfahrene Hausfrau wie mich nicht aus der Ruhe bringen. Ich stürmte in die Speisekammer und legte auf jeden zweiten Teller ein Lebkuchenherz, so gab es abwechselnd einmal ein Lebkuchenherz, dann wieder Rumkugeln. Als ich fertig war, blieben drei Säckchen in meinen Händen zurück. Wunderbar.

Ich setzte mich auf das Sofa und flog wieder in meine Vergangenheit zurück. Meine Güte, war der Grieche ein Bild von einem Mann! Den Namen wusste ich immer noch nicht, war mir mit siebzehn und in dieser Situation auch herzlich egal. Namen waren ohnehin nur Schall und Rauch. Wir liebten uns in den Weinbergen, in den Sanddünen, gingen eng umschlungen durch die romantischen Gassen und jetzt war es mir echt zu blöd – konnte der Mann nicht auch ohne Schokolade anwesend bleiben? Zack, und wieder eine Kugel in den Mund.

Ich griff ungestüm nach den Säckchen von Renate, Ulrike und Berta, die waren mir sowieso unsympathisch, und pfiff auf jede Form von Symmetrie am Tisch. Die Siebziger waren eben verrückt und nicht normal. Und ab in den Schlund.

Wir lagen am Strand und verschlangen nicht nur Unmengen an Weintrauben und Feigen, sondern auch uns selbst. Gott, wie wir uns liebten! Wir vergaßen einfach alles und genossen jeden Sonnenstrahl auf unserer nackten Haut.

Die Säckchen am Tisch hatten sich zu diesem Zeitpunkt auf mickrige drei reduziert und ganz ehrlich, es schaute ja irgendwie blöd aus, wenn nur Lilly, Sophie und die Bürgermeisterin ein Präsent bekämen. Apropos Bürgermeisterin?! Die hatte sich klammheimlich selbst eingeladen, obwohl sie gar nicht Tennis spielte. Ihre Rumkugeln aß ich als Erste auf.

Er wolle mich heiraten, meinte mein Adonis, und mir mindestens zehn Kinder machen. So ein Vollidiot, ich wollte Sex und keine Kinder!

Das waren doch falsche Impulse in meinem Gehirn. Meine Geschmacksnerven sorgten, irritiert durch die Lebkuchenherzen, die ich mittlerweile auch fast alle aufgegessen hatte, offenbar für diese unangenehmen Gefühle. Denn Lebkuchen verträgt sich eben nicht mit leidenschaftlich-griechischem Sex.

Unsanft wurde ich aus meiner Fantasie gerissen. Es stach mich höllisch in der Leistengegend. Hatte mich mein Grieche tatsächlich geschwängert und musste ich fortan als dicke fette Mama mit zehn Kindern auf Kreta verkommen?

In meinem Bauch rumorte es gewaltig. Doch auch ein eilig warm gemachter Thermophor und eine Tasse Kamillentee konnten meinen Schmerz nicht mildern. Ich wand mich wie ein Aal auf der Toilette und ärgerte mich grün und blau, dass ich mich von den Rumkugeln und dem griechischen Helden so leicht hatte verführen lassen.

Und nun hatte ich die Bescherung. In einer Viertelstunde würden meine Gäste kommen und ich saß ungeschminkt und schmerzverzerrt am Klo. Das Schlimmste war aber, ich durfte nichts von all dem, was ich mit dem Griechen in Kreta getan und erlebt hatte, jemals meinem Mann erzählen. Er wäre nach siebenundzwanzig Ehejahren von mir schockiert gewesen, wozu ich in meinen erotischen Fantasien imstande war.

Doch dazu kam es nicht mehr, mir wurde schwarz vor Augen und ich kippte bewusstlos vom Klosett.

Erst im Rettungswagen öffnete ich vorsichtig meine Augen. Zwei Männer saßen neben mir, die ich beide irgendwie kannte, mein Mann und ein freundlicher Notarzt.

„Hatten Sie vor, sich mit den vielen Rumkugeln umzubringen?", fragte der Arzt lachend.

Ich konnte kaum sprechen, verneinte aber. Meine erotischen Ausschweifungen wollte ich niemandem erzählen.

„Wir mussten Ihnen den Magen auspumpen! Sie hatten einen massiven Gallenanfall", meinte der Mediziner mit einem ausländischen Akzent. „Aber wir kriegen das wieder hin! Sie sind eben eine maßlose kleine Patientin!"

Ich schloss die Augen vor Scham, ja, maßlos war ich in jeder Hinsicht. Odysseus durfte davon nie etwas erfahren, schwor ich mir.

„Schade um den schönen Abend!", meinte mein Mann, während er eine Verpackung aufriss. „Du hast das Fest so lieb vorbereitet und nun musst du ins Krankenhaus!"

Das Rascheln irritierte mich, ich öffnete die Augen und erschrak. „Was isst du da?"

„Ein paar von den Rumkugeln, die ich unter dem Sofa gefunden habe!"

Um Gottes willen! Ich war zu schwach, um ihm die teuflischen Kugeln zu entreißen. Odysseus schob eine langsam in den Mund und schon war es wieder da: das Schmelzen, Knistern und Knacksen.

Nnnnnnneeeeeeeiiiiiiiinnnnn!!!

Er rollte die Augen verzückt gen Himmel und bot dem Notarzt auch eine Kugel an. Beide stöhnten lüstern: „Oh Gott, ist das herrlich!"

Odysseus nahm meine Hand und flüsterte mir ins Ohr. „Diese Rumkugeln erinnern mich irgendwie an Griechenland. Meine Güte, waren wir damals jung und verliebt!"

Also war es doch mein eigener Mann gewesen, den ich in meinen Träumen so leidenschaftlich geliebt hatte. Dann blieb ja alles in der Familie. Der Herr sei gepriesen! Ich atmete erleichtert auf.

„Wo waren Sie denn damals in Griechenland?", fragte der Arzt interessiert. „In Kalamata!" rief mein Mann.

Und ich: „In Kreta!"

„Aber in Kreta waren wir doch nie, mein Schatz!", korrigierte mich mein Mann. Ich errötete und versuchte mich unter dem weißen Laken zu verstecken.

„Dort müssen Sie aber unbedingt hin, ich komme nämlich aus Kreta!", erklärte der Arzt.

„Und was verschlägt Sie dann nach Österreich?", fragte mein Mann.

Der Mediziner zwinkerte mir zu: „Die Liebe meines Lebens, die ich niemals fand!"

Ich schloss die Augen und stellte mich schlafend. Als ich vom Rettungssanitäter an dem Arzt vorbeigeschoben wurde, konnte ich den Namen an seinem Schild lesen: Dr. Dimitri Dagulopolos.

Jetzt weiß ich zumindest seinen Namen. Dafür hätte ich nicht die vielen Rumkugeln essen müssen, ich Depp!

Übrigens sind seit diesem Tag in meinem Haus Zeitreisen strengstens verboten!

Und Rumkugeln sowieso.

Die Autorin

Katharina Grabner-Hayden, Studium der Sozial- und Wirtschaftswissenschaften, ist verheiratet, hat vier Kinder, lebt und arbeitet in Niederösterreich.

Mit den satirischen Bänden „Jeder Tag ein Muttertag", „Ein himmlisches Chaos", „Komm ins Bett, Odysseus!" und „Einmal Scheidung mit Alles!" hat sich die Autorin in die Herzen einer breiten Leserschaft geschrieben.

Sie ist bekannt für ihre unterhaltsamen Lesungen. www.grabner-hayden.at

Noch mehr von Katharina Grabner-Hayden

nna ist Physiotherapeutin, knapp über fünfzig, erheiratet und hat drei erwachsene Söhne. Ihr eschauliches Leben gerät aus den Fugen, als e durch Zufall vom jahrelangen Verhältnis ih- es Mannes erfährt. Auf der Suche nach neuem lück gerät sie an eine Reihe von Menschen, die nr nicht helfen, sondern sie noch weiter in die rise ziehen – allesamt anziehend, liebenswert nd doch gefährlich. Anna bemerkt nicht, dass ie sich in einem Netz aus Wollust, Völlerei, Gier, Jeid, Zorn, Trägheit und Hochmut befindet, us dem es kaum ein Entrinnen gibt. Hätte sie icht da nicht ihre besten Freunde, Lilly und Mehmet …

Irrfahrt durch den Beziehungsalltag. Der Zahn der Zeit nagt nicht nur an den eigenen Kno- chen, er nagt vor allem am Partner und an der gemeinsamen Beziehung.

Komm ins Bett, Odysseus! ist eine Lektüre für Liebesdurstige aus der Feder einer Frau, die es wissen muss. Die Satirikerin kann auf eine lange Partnerschaft zurückblicken und wirft mit ihren unkonventionellen Methoden jede psychologi- sche, pädagogische oder theologische Theorie über den Haufen. Dass Männer und Frauen ein- fach nicht zusammenpassen (*Loriot*), wird durch diese amüsanten Kurzgeschichten widerlegt, be- stechend ehrlich und mit umwerfendem Humor!

Einmal Scheidung mit Alles!
*64 Seiten
Hardcover mit SU
€ 19,99
ISBN 978-3-8000-7642-0

Komm ins Bett, Odysseus!
Warum der eigene Mann der Beste ist
160 Seiten
Hardcover mit SU
€ 16,99
978-3-8000-7607-9